Soucoupes volantes

Un roman de science-fiction

Richard G. Hole

Soucoupes Volantes
Un roman de science-fiction

Richard G. Hole

Science-fiction et fantastique

SYNOPSIS

Lentement, les soi-disant soucoupes volantes devenaient de plus en plus d'actualité. Car ce n'était pas la vision fugace d'un paysan sans éducation qui avait pensé avoir vu un étrange objet volant sur sa ferme. Des hommes d'une solvabilité et d'un bon jugement reconnus ont également affirmé les avoir vus. Surtout dans la partie sud du continent américain, plus précisément en Argentine, au Chili et au Brésil.

De là, des astronomes, des physiciens et de nombreux hommes de science, ont mis de côté leurs expériences particulières sur des visions fugaces, et même des photographies qui avaient été obtenues des soucoupes volantes...

Soucoupes volantes est une histoire appartenant à la série Science Fiction, une collection de romans de science-fiction et de fantasy

SOUCOUPES VOLANTES

CHAPITRE I

C'est une vérité évidente, mais il faut le rappeler constamment : la Terre n'est pas seule dans l'Univers.

Tout au plus est un point minuscule dans l'Infini, où les lumières éternelles des étoiles tracent leurs pas de danse. Dans cette danse infatigable, ils se rassemblent dans les Spirales, dans les Conglomérats Globulaires et dans les innombrables Voies Lactées.

Tout cela forme le Cosmos : l'Univers.

Chaque Voie Lactée est une grande famille d'étoiles, où sont regroupés quelques milliards d'étoiles. Chaque étoile est un soleil et, à son tour, chaque soleil a ses planètes en tant qu'enfants.

Chaque planète peut être un monde semblable à la Terre. Ses habitants cosmiques possibles peuvent être de mille manières ou se constituer de mille manières, selon leur propre cadre : avec leurs caractéristiques particulières.

En arrivant ici, l'imagination s'épuise.

L'homme sait tout cela, au moins il en sent l'existence. Mais il est perdu dans l'au-delà et est terrifié, alors il adopte la politique naïve de l'autruche, cachant son ignorance dans l'oubli olympique, sinon, niant absurdement toutes ces possibilités.

Mais c'est un oubli dont, périodiquement, il doit sortir en raison du cours des événements. A partir de 1945, ces événements ont commencé à se produire, d'abord progressivement puis, petit à petit, par étapes, mais avec une plus grande continuité ; Sur la Terre, ici et là et apparemment de manière capricieuse, d'étranges objets volants ont commencé à être vus, que les journalistes ont appelés soucoupes volantes, peut-être en raison de leur forme sphérique.

La Seconde Guerre mondiale venait de se terminer et les dates coïncidaient également avec l'apparition des premiers vols en jet. Les avions modernes volaient à des vitesses supersoniques et, généralement, mal informés, les gens pensaient qu'il s'agissait de nouveaux vols expérimentaux, effectués par certaines des grandes puissances.

Cependant, lentement, les soi-disant soucoupes volantes devenaient de plus en plus d'actualité. Car ce n'était pas la vision fugace d'un paysan sans éducation qui avait pensé avoir vu un étrange objet volant sur sa ferme. Des hommes d'une solvabilité et d'un bon jugement reconnus ont également affirmé les avoir vus. Surtout dans la partie sud du continent américain, plus précisément en Argentine, au Chili et au Brésil.

De là, des astronomes, des physiciens et de nombreux hommes de science, ont mis de côté leurs expériences particulières sur des visions fugaces, et même des photographies qui avaient été obtenues des soucoupes volantes. La presse tabloïd a fait écho à de telles histoires et on peut dire qu'elles ont fait une tuerie. Il y avait un chroniqueur qui a commencé à écrire sur la possibilité que les Martiens veuillent nous rendre visite, établissant leurs premiers contacts sur ces vols.

Tout cela souleva une formidable polémique et pendant quelques mois on ne discuta plus rien d'autre. Beaucoup s'amusaient, d'autres spéculaient et très peu le prenaient au sérieux. La plupart d'entre eux tremblaient intérieurement, peu importe ce qu'ils disaient pour ne pas passer pour des lâches ou des craintifs.

Mais la question restait posée. Les soucoupes volantes ont-elles vraiment existé ?

Il appartenait aux autorités des grandes puissances de trancher l'affaire, mais, aussi illogique que cela puisse paraître, elles ne l'ont pas fait. Ils se sont bornés à communiquer qu'aucun d'entre eux n'avait effectué d'expériences en vol, qui n'étaient pas déjà connues et également pratiquées par d'autres pays. Par conséquent, ils n'avaient rien à voir avec ce fantasme des soucoupes volantes, qui pourraient bien être de simples illusions d'ignorants, ou des phénomènes lors de l'observation de l'atmosphère.

Cependant, alors que les mirages se multipliaient de plus en plus, les soucoupes volantes continuaient de faire parler d'elles. Bientôt, il y eut des milliers de personnes prêtes à affirmer qu'elles avaient vu les étranges objets volants. Même la personne intelligente ou studieuse occasionnelle sort qui, compilant toutes les histoires incohérentes, a publié des livres sur l'affaire. Des volumes qui ont été vendus dans des éditions soignées et qui sont devenus les best-sellers les plus discutés et commentés de leur temps.

Cependant, l'intérêt du peuple a commencé à diminuer vers l'année 1965, puisque les Martiens n'ont pas décidé d'atterrir sur Terre. Vingt ans, c'est long, pour que les gens gardent leur attention sur la même chose, surtout quand la vie quotidienne exige de la mettre sur des choses plus tangibles et plus concrètes.

Et que, durant ces vingt années, les Soucoupes Volantes n'ont cessé de faire leurs apparitions périodiques dans de nombreux endroits. Même à l'aéroport parisien d'Orly, un certain jour de juin 1960, pendant cinq longues heures les vols à destination et en provenance de la capitale française ont dû être interrompus, car, sans explication possible, plusieurs objets volants non identifiés sont restés bien au-dessus de l'aéroport.

Comme s'ils le regardaient !

Ils sont arrivés à l'improviste et sont repartis de la même manière, cinq heures plus tard. À cette époque, un autre cas non moins curieux et surprenant s'était également produit. Un pilote britannique du BEA, alors qu'il commandait son gros jet rempli de passagers, a vu des faisceaux de lumière orange et bleu devant l'avion, qu'il a d'abord pris comme des réfractions du Soleil. Mais il dut bientôt changer d'avis, lorsque son copilote indiqua qu'un vaisseau sphérique de couleur argentée volait devant eux, à grande vitesse, et sans faire aucun signal.

Alarmés, les mêmes passagers ont pu voir l'étrange objet volant qui, capricieusement, malgré le fait de porter le double jet supersonique, en une seule seconde a disparu de leur vue, s'élevant dans le ciel.

Le cas du pilote nord-américain Perry Lhomar a également été enregistré, le jour où survolant Fort Knox sous sa surveillance du Trésor américain, il a communiqué par radio à la base que quelque chose d'étrange et d'inconnu survolait l'endroit où se trouve plus d'or. stocké. dans le monde. Ce pilote a demandé la permission de chasser l'objet volant et, courageusement, Perry Lhomar est monté avec son très rapide X-15 sans pouvoir l'atteindre.

Il s'est simplement désintégré dans les airs, atteignant une hauteur et une vitesse prohibitives pour l'endurance de son X-15.

Puis quelques mois plus tard, tout le reste est arrivé...

La version que certains martiens avaient débarqué dans une plaine au Mexique. Celui de quelques récoltes carbonisées dans un certain endroit en Australie, avec tous les signes que certains engins spatiaux y avaient atterri. Et, éparpillée entre autres nouvelles également sur les soucoupes volantes, la déclaration déroutante d'un certain Ralph Mayer qui prétendait avoir parlé avec deux personnages étranges d'à peine un mètre de haut, après les avoir vus descendre de sa soucoupe volante dans les froides montagnes des Highlands. , au nord de l'Ecosse.

A cette époque, un homme avait déjà été mis en orbite sur Terre et le Russe Gagarine appartenait à l'histoire des astronautes pionniers. Les expériences dans cet ordre se sont rapidement multipliées au cours des années suivantes et aucun des astronautes ne pouvait prétendre avoir rencontré d'autres voyageurs spatiaux.

Cependant, face à des milliers de cas sans explication possible, un organisme international a été créé, qui a décidé d'adopter l'acronyme OVNI, pour collecter toutes les données et étudier en profondeur tout ce qui fait référence aux Objets Volants Non Identifiés.

Les responsables d'OVNI ont ordonné de mener des enquêtes approfondies, menées avec tant de secret que, vingt ans plus tard, déjà vers 1985, personne ne pouvait assurer, dans une discussion sérieuse, si les soucoupes volantes étaient une réalité ou, simplement, tout était pur fantaisie .

En un mot : tout était comme en 1945, lorsqu'il y a quarante ans quelques habitants de la Terre ont tiré les premières sonnettes d'alarme, assurant avoir vu des objets volants non identifiés.

Eh bien, personne ne pouvait vous assurer que les ovnis n'existaient pas, à l'exception de certains des hauts dirigeants de cette organisation internationale...

Mais, entre eux, ils ont justifié leur silence, afin que les habitants de la Terre ne s'alarment pas, créant un véritable cataclysme.

Oui, il était vrai que la Terre était visitée par des étrangers à la Planète. Et le plus surprenant, c'est que ces visites ne remontaient pas seulement aux vingt ou quarante dernières années. Les chercheurs ont bien travaillé et le rapport qu'ils ont présenté à un petit groupe de personnes a été concluant.

Apparemment, et selon une étude approfondie de toutes les données, les Objets Volants Non Identifiés effectuaient leurs visites périodiques sur Terre depuis... PLUS DE HUIT MILLE ANS !

Cette conclusion surprenante a été atteinte après avoir étudié et analysé les textes anciens des anciennes civilisations, déjà perdus dans la longue nuit du temps. En Chine, cinq mille ans avant Jésus-Christ, il y avait déjà de vagues références à certains chars volants qui s'élevaient à grande vitesse dans le ciel. Ces références coïncidaient avec celles des anciens Védas de l'Inde, qui, à leur tour, citaient de tels phénomènes dans leurs livres saints, écrits en langue sanskrite.

Dans la même Bible, en la feuilletant et en l'étudiant attentivement, on pouvait aussi trouver des références en ce sens, qui pourraient plus tard être décalées avec les textes des scribes égyptiens, lorsqu'ils firent leurs compositions sur ordre des puissants pharaons.

Plus tard, déjà à l'époque des fertiles civilisations grecques, dans de nombreux poèmes épiques et religieux, il y eut à nouveau, symboliquement, des références aux chars volants qui passaient au-dessus des hommes, comme ils le croyaient alors, menés par toute cette bande de petites déesses grecques, de dont leur mythologie est si pleine. Le même char tiré par le fougueux cheval Pégase, planant dans le ciel, n'aurait-il pas pu sortir de la vision d'un OVNI ?

La marche du capricieux Mercure, montant sur son char à toute allure jusqu'au mont Olympe, ne signifiait-elle pas aussi la vision fugitive de ces gens imaginatifs, de quelque soucoupe volante ?

Et, déjà au Moyen Âge, les références vagues à de tels phénomènes se sont multipliées, bien que chaque écrivain et chaque pays adoptant sa propre manière particulière de les interpréter ; des boules de feu montant et descendant du ciel ; Des météorites qui descendaient à grande vitesse annonçant la fin du monde, qui ne vint jamais, car, simplement et inexplicablement, quand il semblait qu'elles allaient entrer en collision avec la Terre, elles se levèrent à nouveau pour se perdre dans les chemins infinis du Cosmos .

De plus les Chars Volants sont apparus dans la littérature médiévale dans une grande profusion d'écrits, ils ont continué à être cités à travers les siècles. Jusqu'en 1945, lorsque les hommes sont sortis de leur horrible Seconde Guerre mondiale, ils ont commencé à écrire courageusement sur la possibilité de la visite martienne.

Tout cela n'avait aucun sens, si vous ne cherchiez pas un motif commun : les soucoupes volantes ou les objets volants non identifiés.

Il y avait les ovnis, les mystérieux objets extraterrestres qui étaient une réalité.

Bien sûr, d'où venaient-ils ? De quel coin de l'Univers viennent-ils ? Comment était votre équipage ? Quelles étaient vos intentions ? Pourquoi observaient-ils la Terre depuis tant de milliers d'années ? Pourquoi n'ont-ils pas été vus ouvertement ? Voulaient-ils l'envahir, ou se limiteraient-ils à dominer ses habitants, par la terreur du supérieur, de l'inconnu ?

Il y avait tant de questions auxquelles répondre, tant de suggestions soulevées sur le problème, que pour ne pas semer la confusion et la terreur, il fallait continuer à cacher jalousement le secret de la confirmation. Les centres officiels continuaient à donner des dérobades ou des explications plus ou moins scientifiques ; il ne s'agissait pas de dire toute la vérité.

Il fallait empêcher l'hystérie de masse de s'emparer des habitants de la Terre. La grande masse ne pouvait rien résoudre avec ses opinions et elle aggravait encore la situation, si elle réagissait avec terreur. Les décisions correspondaient au Gouvernement Galactique Central et, même au sein de l'Organisation Internationale qui a étudié le cas des ovnis, de nombreux membres n'étaient pas au courant de ce qui se passait.

Tout d'abord, une fois l'existence des Objets Volants Non Identifiés confirmée, ce qu'il était commode de savoir, c'était quelles étaient les intentions de ces mystérieux visiteurs extraterrestres.

Et ça, je n'avais pas encore trouvé...

CHAPITRE II

Les hauts chefs du gouvernement central galactique comptaient, pour continuer à cacher leur secret, avec le penchant particulier de l'homme.

Ils savaient que, tout au plus, sortant périodiquement de la léthargie de leur ennui, de leur vie monotone et de leur méchanceté, de leurs problèmes, les habitants de la Terre lèvent les yeux vers le ciel et interrogent l'Univers, essayant de percer ses mystères.

Mais quand ils le font, les habitants ordinaires de la Terre ont plus de peur que de curiosité, plus de méfiance que d'avidité scientifique et aussi, pourquoi ne pas le dire ?, plus envie que pour eux tout reste pareil et que personne ne vienne leur dire que dans Ces brillants taches que vous pouvez découvrir à l'œil nu, dans ces étoiles, dans ces systèmes solaires éloignés et dans ces galaxies, d'autres êtres rationnels peuvent exister.

C'est quelque chose qui leur déplaît généralement et ils se moquent souvent d'une telle possibilité, car cela implique que là, dans n'importe quel coin reculé de l'Univers, n'importe quelle race extraterrestre, n'importe quelle supercivilisation fantastique, peut exister et décider de venir nous rendre visite.

L'homme moyen n'aime pas tout cela. Il a longtemps cru qu'il était le roi de la création et la possibilité qu'il ne le soit pas le rend furieux. Cela l'humilie aussi, le rabaisse et le laisse converti en un simple échantillon de la merveilleuse variété de la Vie.

La race humaine veut rester la reine de l'Univers et rejette, instinctivement, et peut-être aussi avec arrogance, toute concurrence possible. Sa réaction est celle de l'enfant gâté qui voit arriver le nouveau petit frère, une baisse d'affection des parents.

Infantilisme!

Pour cette raison, l'homme n'est pas disposé, en général, à recevoir d'une manière amicale les habitants possibles d'autres mondes. Au contraire, il les considère d'avance comme des ennemis nuisibles,

nuisibles et potentiels, pour lui. Par conséquent, il est impatient de les rejeter, s'ils osent jamais s'approcher de son monde bien-aimé.

Dans une moindre mesure et à titre d'exemple, cela a été le conflit interne des races humaines.

Ils se sont toujours rejetés les uns les autres, même les tribus et les peuples de la même race.

La lointaine antiquité nous raconte les luttes entre Assyriens et Babyloniens. Entre Égyptiens et Hittites. Entre Perses et Grecs. Entre Romains et Barbares. Entre Carthaginois et Romains. Entre Vikings et Normands. Entre le français et l'anglais. Entre peuples espagnols et indigènes, à l'époque de la colonisation américaine.

Pendant des siècles, chaque race, chaque peuple a pris les armes avec la conviction intime d'avoir raison. Et chaque bataille gagnée contre l'ennemi était attribuée à un don du ciel.

A une grâce divine.

Et Dieu, affligé, mais sans intervenir dans ces luttes fratricides, continua de les laisser à leur libre arbitre, jusqu'à ce qu'eux-mêmes, guidés par leur raison, finissent par s'unir en un peuple commun et se sentir tous enfants de la Terre-mère.

Oui, tous les enfants d'une même planète, pourquoi ne pas se comprendre ?

Au fil du temps, l'homme a commencé à comprendre et sa planète a été pacifiée, constituant le gouvernement central galactique. Être blanc ou noir, jaune ou cuivré, était considéré comme un résultat géographique plutôt qu'un motif de désaccord.

Les autres petites différences ont également été comblées.

Mais maintenant, il allait devoir recommencer. Maintenant, il aurait peut-être à combattre des êtres extraterrestres.

Jusqu'à ce qu'il colonise d'autres planètes, d'autres mondes et d'autres galaxies, ou jusqu'à ce qu'ils l'asservissent... ?

* * *

Face à une telle responsabilité, se sont réunis les hauts responsables du Gouvernement Central Galactique, les dernières conclusions de ceux qui se sont occupés de l'étude des ovnis l'exigeaient.

Et en sa qualité de secrétaire à la Défense, le lieutenant-général Paul Quiin proposa avec son énergie caractéristique :

« Assez de discussions, messieurs ! Ce que nous devons faire, nous le savons tous très bien. Détruisez ces foutues soucoupes volantes !

Il y eut un murmure dans toute la pièce, et enfin la voix lente du sage atomique Curt Hartman demanda, avec un léger sourire :

« Très bien, général Quiin. Mais... tu veux nous dire comment ?

Visiblement bouleversé, le général Paul Quiin a répondu :

« Cette question est fantaisiste, professeur Hartman. Nous avons des armes assez puissantes pour le faire ! Et vous le savez!

« Faites-vous référence à nos canons atomiques, général ?

Ces derniers temps, tout le monde connaissait l'amitié entre l'énergique général Paul Quiin et le décontracté professeur Curt Hartman. C'est pourquoi ils ne furent pas surpris lorsque le secrétaire à la Défense répondit, avec la même ironie :

« Exactement, professeur ! Je parlais de nos armes atomiques à la fabrication desquelles, justement, vous avez tant participé.

« C'est pourquoi je sais qu'ils ne seront pas efficaces.

Cette fois, ce ne fut pas le général Quiin qui répondit, lorsque le secrétaire à l'Armement Sean Buttons, qui s'enquit, le précéda, aussi surpris que le reste de l'assemblée :

« Êtes-vous en train de suggérer que nos armes atomiques seront inefficaces contre ces soucoupes volantes, professeur Hartman ?

"En supposant cela, c'est autant qu'admettre que nous sommes sans défense", a déclaré quelqu'un d'autre.

" C'est stupide ! " Une autre voix rejetée. " Rien ne peut exister qui puisse résister à une explosion atomique !

Le professeur Curt Hartman leva ses mains manucurées et supplia, de sa voix lente, en regardant tout le monde :

« Doucement, les amis ! Je n'ai pas dit que ces vaisseaux spatiaux sont invulnérables à un impact atomique. Je suis un homme de science et je sais bien que toute matière, aussi dure et résistante soit-elle, peut se désintégrer...

" Puis...?

« Je me suis borné à dire que ce ne serait pas efficace. Ce n'est pas pareil !

« Pourquoi pas ? » Le général Quiin revint à la charge.

« Parce que... Que gagnerions-nous à détruire un, ou vingt, de ces navires, au cas où nos canons atomiques pourraient les surprendre et les toucher ?

« Donnez-leur une bonne leçon ! Indiquez que nous ne sommes pas disposés à leur permettre de se promener tranquillement dans notre espace extra-atmosphérique suivante Et encore moins, qu'ils s'approchent de la Terre !

"Bah ! Ils font ça depuis des milliers d'années, Général Quiin. Ou n'a-t-il pas lu les rapports sur les ovnis ?

« Je les ai lus ! Mais je ne suis pas d'accord avec cette partie. Je refuse de croire que ces soucoupes volantes observent la Terre depuis des milliers d'années.

"Le rapport est très méticuleux", a souligné, avec une certaine ironie, le professeur Hartman. En particulier, je le trouve très réussi.

"En fin de compte, cela nous importe peu maintenant", intervint à nouveau le secrétaire à l'Armement, Sean Buttons. Ce qui nous intéresse, ce sont ses dernières conclusions. Sachant que les ovnis sont une réalité !

« Au contraire, M. Buttons. » le coupa le professeur Hartman. " Savoir qu'ils nous observent depuis des milliers d'années est très important. Beaucoup !

« .

Le professeur Curt Hartman fixa ses petits yeux vifs et sans cils sur le secrétaire à l'Armement et dit :

« Vous souffrez d'une erreur d'appréciation, cher ami. Vous êtes nombreux à en souffrir, je vois !

« Voulez-vous vous expliquer, professeur ?

« Avec plaisir, M. Buttons... Avec plaisir !

Le calme de cet homme était exaspérant. Ils discutaient d'une question si vitale et si urgente, et pourtant il semblait prendre plaisir à prolonger leurs réponses. Le sourire apparut à nouveau sur ses lèvres fines lorsqu'elle ajouta :

"Je répète que les conclusions de l'OVNI sont correctes et que je tiens pour acquis que ces êtres extraterrestres nous observent depuis des milliers d'années. Cela implique que, dans des temps reculés, ils disposaient d'une technique avancée capable d'approcher notre planète.

Il s'arrêta, avant de continuer, après avoir regardé tout le monde :

« Beaucoup de choses peuvent en être déduites, messieurs... Beaucoup ! Et l'un d'eux est qu'ils doivent également posséder des armes atomiques. Ou encore plus puissant !

Le silence régna et, avec un certain sourire, il termina :

« Cela n'a-t-il pas de sens pour vous, messieurs ?

« Eh bien, professeur Hartman... Et alors ? — Dit enfin le général Paul Quiin. Si nécessaire, nous nous battrons !

Le professeur Curt Hartman se tourna de nouveau vers lui, répétant :

" Lutter... ? Comment et contre qui ?

« Contre ces soucoupes volantes ou ces ovnis !

« Eh bien, savez-vous si les équipages de ces navires sont vraiment nos ennemis ?

« Nous ne savons pas non plus s'ils sont amis. Mais ils envahissent notre espace ! C'est un symptôme suffisant pour vous avertir sérieusement.

« Un coup franc, général Quiin ?

« Pourquoi pas, professeur ?

« Pour plusieurs raisons : l'une d'entre elles, parce que nous ne savons pas comment ils peuvent réagir. Jusqu'à présent, nous ne les avons pas dérangés et ils ne nous ont rien fait.

« Oubliez une chose, professeur Hartman ; Jusqu'à présent, nous n'étions pas sûrs qu'il s'agissait de vaisseaux construits en dehors de la Terre.

Curt Hartman a semblé abandonner la discussion, admettant :

" D'accord ! D'accord, Général Quiin ! Soyons assez fous pour déclarer la guerre à une autre race extraterrestre, dont on ne sait rien, si ce n'est la certitude qu'ils ont une technique bien plus avancée que la nôtre. Soyons assez fous pour lancer le la Terre entière dans un possible cataclysme ! Et soyons aussi assez stupides pour détruire ce qui peut être une tentative de rapprochement amical de ces êtres qui, sûrement, s'ils l'avaient souhaité, pourraient nous détruire depuis longtemps !

Le baratin du vieux professeur Curt Hartman eut l'effet qu'il désirait sur les personnes rassemblées. Et bientôt la voix du président Leo Proebe s'est fait entendre lorsqu'il a admis :

« D'accord, professeur Hartman. Que proposez vous?

Cette fois, le calme professeur ne retarda pas sa réponse en s'écriant avec véhémence ;

" Paix...! Compréhension...! Compréhension!

D'un angle dans la grande chambre, quelqu'un a demandé;

« Et s'ils ne le veulent pas de cette façon, professeur ?

Tournant brusquement la tête là, l'interrogé confirma :

« Ils ont déjà montré qu'ils le voulaient ainsi. Je répète qu'ils nous auraient déjà anéantis, s'ils l'avaient voulu !

« Vous avez une foi excessive en ces êtres mystérieux, professeur Hartman.

« Oui ! Pouvez-vous nous dire pourquoi ?

Le professeur Curt Hartman sembla hésiter, revenant à sa façon tranquille de parler, en disant :

« Non... Je ne peux pas vous dire pourquoi j'ai confiance en eux. Au moins, avec des arguments solides et démontrables. Mais ma foi est intuitive... Je dirais déductive, messieurs !

« Pourquoi déductif ?

"Prends un moment pour réfléchir et tu en déduiras aussi : les êtres qui ont atteint un degré de perfection dans la technique capable de voyager à travers les espaces extra-atmosphériques, doivent nécessairement appartenir à un peuple super-civilisé. Et pour autant que je sache , la civilisation s'améliore toujours, pas brutalisante.

« À en juger sur des motifs supposés, professeur Hartman », reprit l'énergique secrétaire à la Défense, Paul Quiin. Ce raisonnement s'applique à la race humaine. Mais est-ce valable pour eux ? Ces êtres, quels qu'ils soient, réagissent-ils comme nous ? Ont-ils les mêmes concepts sur la moralité ? Les mêmes idées sur le bien et le mal ?

« Vous devez croire que c'est le cas, général Quiin.

Et si nous nous trompons ? Et si nous les jugeons avec la même mesure humaine, quelle n'est pas la leur ?

« Nous devrons prendre ce risque.

" Je ne suis pas d'accord!

De nouveau, la discussion est devenue houleuse et même violente et, qui d'autre que moins, s'énervant et se levant de son siège, a exposé les mêmes craintes que le général Paul Quiin, qui a de nouveau gagné du terrain sur le professeur Curt Hartman. Instantanément, il s'est rendu compte que lui et ses partisans étaient submergés, alors il a commencé à crier :

« Fou ! Vous allez conduire la race humaine au suicide collectif !

En tant qu'actuel président du gouvernement central galáxico, Leo Proebe a exigé le silence et a annoncé :

« Ça va être mis aux voix !

Brisé ses nerfs, calculant qu'il serait vaincu, le professeur Hartman se tourna vers le président et explosa :

« C'est ridicule, Monsieur le Président ! Il y a des choses qu'il ne faut pas mettre aux voix des crétins !

Ses propos insultants ont soulevé un nouveau tumulte avec des protestations de colère jusqu'à ce que le président remplace

« S'il vous plaît, professeur Hartman ! Soyez plus sobre. Chacun des hommes réunis ici mérite votre respect,

« Non, quand ils agissent comme des imbéciles ! Le système électoral démocratique a plus d'une fois conduit au désastre. Je ris de l'esprit de la race humaine ! C'est dégoutant!

Et au milieu d'une clameur de protestations, il quitta la réunion en se murmurant à mi-voix :

"Espèces d'abrutis ! Je vais devoir varier le plan... Ils vont m'obliger à tous les détruire !

Puis, déjà dans la rue et plus calme, il réfléchit encore :

"Je vais le consulter...

CHAPITRE III

Lise Borg a engagé le pilote automatique et ne s'est plus inquiétée pour le véhicule.

La jeune fille avait une sécurité totale dans le système électronique qui réglait le trafic intense, au moyen d'un nombre infini de cellules photoélectriques, qui se mettaient en marche à chaque fois qu'un conducteur mettait en marche son pilote automatique. Grâce à ce système ingénieux, les accidents de la circulation ont été réduits au minimum au cours des cent dernières années. Pratiquement, aucun véhicule ne pouvait entrer en collision avec un autre car les cellules photoélectriques agissaient efficacement sur les freins, permettant à la voiture qui avait la préférence de passer sans ralentir.

Les renversements ou les distractions sur les autoroutes étaient également totalement impossibles ; Le magnétisme de la piste agissait sur les roues de telle manière que, même en laissant le véhicule en totale liberté de mouvement, il ne permettait pas à la voiture de le quitter, à moins que la commande correspondante n'agisse pour se libérer de cette force magnétique.

Cette sécurité était le résultat de la technique et de la science que l'homme avait acquises pour améliorer son développement constant sur l'ancienne planète qu'il habitait.

Du département d'acoustique à l'astrodrome de Prestwich, Lise Borg savait qu'il y avait plus de douze cents milles et de ses yeux bleus, elle contemplait le paysage qui les dépassait. Des prairies très vertes, des montagnes très lointaines aux tons bleus et bruns et, de temps en temps, des bouquets d'arbres qui annonçaient la proximité d'une ferme, d'un hameau ou de quelque kolkhoze.

Cette vie tranquille, bucolique et paisible, loin de l'agitation constante de la grande ville, où tout le monde semblait pressé et avait toujours les secondes comptées, comme s'il allait mourir.

Comme elle l'a fait, Lise Borg.

Bien sûr, quand elle était la femme du capitaine Blay Farrell, tout allait changer pour elle. Il était stationné à l'astrodrome de Prestwich et elle quitterait pour toujours le bruyant département d'acoustique dans lequel elle travaillait. Là tout était bruit, appareils compliqués pour mesurer, contrôler et connaître l'intensité de ceux-ci ; affichages oscillants qui ont enregistré dans de grands graphiques hertz, ces unités de fréquence qui sont équivalentes à une vibration ou un cycle par seconde

Que lui importaient les sons ? Depuis qu'il connaissait le capitaine Blay Farrell, il ne s'intéressait à ce que ses lèvres viriles produisaient que lorsqu'il lui adressait des paroles d'amour. An I Love You de Blay Farrell valait toute la gamme de sons qui pouvaient être enregistrés sur son ordinateur au cours de sa carrière de cascadeur.

Bien que, pour être honnête avec elle-même, Lise Borg ait dû admettre que la sensation lancinante de l'amour l'avait atteinte justement, à travers l'étude des sons.

Il se souvenait parfaitement de ce jour, il ne l'oublierait jamais. Elle était devant son ordinateur compliqué enregistrant l'intensité de certaines vibrations, quand une voix d'homme était derrière elle, disant :

« Hé, blonde, tu veux me dire pourquoi diable ils nous ont envoyé cette convocation ?

Lise Borg s'était retournée avec colère, pour regarder le visiteur intempestif et lui crier de sortir de son labo. Mais en présence de cet homme, sans savoir pourquoi, il arrêta son élan et ne put rester que la bouche entrouverte.

Comme une écolière idiote !

Quand il a récupéré, il s'est avancé vers le grand homme aux larges épaules en uniforme de capitaine des Forces spatiales. Elle se sentait observée par lui de la tête aux pieds et elle pouvait aussi apprécier qu'il avait des cheveux indisciplinés, des yeux bruns et gris, avec des pupilles perçantes.

Confuse, elle rougit à l'observation admirative de l'homme, qui montra la forme dans sa main, comme elle disait :

« De quelle convocation parlez-vous, capitaine ?

« Ceci ! Je considère que ce n'est pas opportun !

Oui; Lise Borg se souvenait très bien de cette rencontre avec Blay Farrell. Et maintenant, alors qu'elle courait dans ses bras, elle souriait, pensant qu'il était naturel qu'elle soit si amoureuse de lui. Cet après-midi-là, il était très arrogant et séduisant, malgré sa colère d'avoir été convoqué au département d'acoustique,

Elle se souvenait aussi qu'à son exclamation, elle pouvait reprocher :

« Le seul inopportun ici, c'est vous, capitaine ! Il n'aurait pas dû entrer dans cette pièce, je travaillais et avec sa voix tonitruante il a tout gâché. L'enregistrement du son que j'analysais...

Mais il ne la laissa pas finir et, agitant ses mains brunes, il coupa :

« Au fait, blondinette, je suis venu ici parce qu'une fille m'a dit que tu étais le patron. Nous voulons savoir, colonel Holtzman et moi, quelles plaintes vous avez contre nous. Ce papier dit...

« Je sais très bien ce que dit cette assignation, capitaine ! je l'ai signé !

Puis, il a commencé à être plus poli et correct, acceptant :

"Eh bien... Si seulement ça avait été un rendez-vous pour dîner avec toi...

« Pas pour le dîner, capitaine ! C'est pour vous prévenir que vos jets ne font pas autant de bruit lorsqu'ils survolent la ville. Ils brisent tous nos appareils et, plusieurs fois, nous devons répéter le travail.

— Écoute, blondinette, le colonel Holtzman et moi pouvons ordonner à nos hommes de ne pas siffler ni parler lorsqu'ils survolent la ville. Comprend? Mais... Pouvez-vous me dire comment on peut ordonner aux moteurs de faire moins de bruit, pour qu'ils ne vous dérangent pas ?

« Vous verrez un moyen de le faire, capitaine ...

« Farrell, blonde... Blay Farrell.

"Merci, capitaine Farrell... Eh bien, comme je l'ai dit, vous verrez un moyen d'éviter, qu'ils passent au-dessus du département d'acoustique.

« Voulez-vous que nous en discutions ce soir, mademoiselle ? Je pourrais venir la chercher et pendant que nous dînons...

« Je ne sais pas si je devrais. Moi...

« Demandez-vous si vous voulez ce qui est mieux. Je serai là à sept heures !

Blay Farrell avait tourné les talons et n'avait pas eu le temps de commenter. Mais elle s'était éloignée car, depuis cet après-midi heureux, elle avait toujours fait ce qu'il voulait. Au fond de lui, ne le satisfaisait-il pas en se sentant elle-même heureuse ?

Bien que maintenant...

Maintenant, il faisait quelque chose que Blay Farrell lui avait interdit de faire ; approchez-vous de la base de Prestwich.

Bien sûr, Lise Borg s'est justifiée en disant qu'une femme amoureuse ne pouvait pas supporter sept longues semaines de séparation. Le colonel Alster Holtzman avait ordonné à ses pilotes de ne quitter la base sous aucun prétexte et c'est pourquoi elle allait rendre visite à l'homme qu'elle aimait.

Que pouvait-il se passer à la Base, pour que Blay Farrell et les autres pilotes ne puissent pas en sortir ?

CHAPITRE IV

Le lieutenant Pat Summer a tapé le roi et le jeton est tombé sur l'échiquier, gagnant son partenaire Dickson Lolman. Et pour justifier sa défaite, il a commenté :

"Eh bien, chanceux dans le jeu, malheureux en amour." Tu sais déjà !

Le jovial Dickson Lolman sourit aussi, rejetant :

« Avec toi, ça ne va pas. Tu n'as pas embrassé de fille depuis un siècle !

" Moi ? J'en ai autant que je veux.

C'est pour ça que tu as supplié la petite amie de Short de te trouver un ami, pour que vous puissiez sortir tous les quatre. Ici, nous découvrons tout, coquin.

« Bien sûr, comme en ces semaines que nous sommes enfermés ici, il n'y a plus rien à dire et à bavarder. Belette !

L'officier nommé Short protesta, rappelant à ses compagnons :

— Et les vols de patrouille, Dickson ?

« Ne te plains pas, Short. Peut-être y a-t-il peu de chance et nous avons réussi à intercepter une de ces soucoupes volantes. Tu risques de tomber sur un beau martien et... on m'a dit qu'elles sont très jolies !

Le rire était général et l'un des pilotes ajouta de l'huile sur le feu :

« Joli ? Ne le crois pas, Dickson. Ils m'ont dit qu'ils étaient horribles ! Avec deux cornes sur le front et un seul œil... Louche, pour être exact !

Ils devaient se divertir dans quelque chose, pendant les sept semaines qu'ils avaient été enfermés dans la Base. L'ordre que le colonel avait reçu du ministère de la Défense était brutal : personne ne pouvait quitter l'astrodrome en aucune circonstance. Les vols de patrouille seraient constants, de jour comme de nuit.

La grande base de Prestwich était chargée de surveiller tout l'espace aérien du continent américain, de l'Alaska et du détroit de Béring, au cap Horn et à l'Antarctique, et à une hauteur qui était le plafond maximum des réacteurs modernes.

Les engins spatiaux, qui au nombre de quinze étaient destinés à la Base, rendraient le même service, mais en remontant, en raison de leur plus grande capacité de vol, jusqu'à quinze mille kilomètres, gardant l'espace extra-atmosphérique, avec l'ordre d'abattre tout navire qui était non identifié par radio.

Bien entendu, le ministère de la Défense avait été contraint d'informer le colonel Alster Holtzman des raisons de ces mesures de surveillance. On ne pouvait pas envoyer des hommes se battre sans au moins leur dire quelque chose sur le genre d'ennemis qu'ils auraient à affronter. En abordant un tel problème, le mot martien est apparu, bien que le général Paul Quiin ait insisté sur le fait qu'en aucun cas le terme ne devrait être utilisé, car il y avait une certitude absolue au sujet des mystérieuses soucoupes volantes.

Plus précisément : Toutes les bases aériennes sur Terre devaient surveiller jour et nuit, pour intercepter les vols d'OVNI.

Ils voulaient mettre fin à l'espionnage des Objets Volants Non Identifiés. Du résultat de cette vigilance pourrait dépendre la vie de tous les habitants de la Terre, qui, enfin, ont oublié leur myopie naturelle, prêts à affronter le grand problème.

Le moment crucial était arrivé.

S'il était vrai que pendant des milliers d'années ils avaient erré dans l'espace pour surveiller, voire détruire, les défenses de la planète, il appartenait désormais aux habitants de la Terre de les surprendre dans leur espionnage persistant.

Les géologues ont affirmé que la Terre tournait dans l'espace depuis des milliards et des milliards d'années. Pendant tout ce temps, aussi longtemps qu'une éternité, la Planète avait traversé de nombreuses vicissitudes, de toutes sortes. Les vicissitudes des vingt mille dernières années n'avaient pas été de nature géologique, mais plutôt de conflits internes, que ses propres habitants avaient créés.

Tout cela, enfin, avait été surmonté. La paix régnait sur Terre et le gouvernement central galactique régnait sur le destin de trente milliards d'êtres qui ne se consacraient plus à s'exterminer les uns les autres.

Mais apparemment, un nouveau cycle commençait maintenant. Le cycle des combats extraterrestres, avec des êtres cosmiques, habitants d'autres planètes qui, éventuellement, ont regardé la Terre depuis une autre Galaxie.

Un panorama sombre, plein d'inconnues.

Mais les pilotes de la base de Prestwich étaient de jeunes hommes pleins de vie et désireux de donner le leur pour défendre leur planète. Lorsqu'ils ont appris la surprenante nouvelle, ils n'avaient pas été intimidés et s'étaient plutôt consacrés à plaisanter les uns avec les autres, avant que le moment de vérité n'arrive.

* * *

Une lumière rouge a clignoté sur les panneaux du point de contrôle de la base de Prestwich. La sentinelle s'est approchée du micro pour annoncer :

« Officier de service ! Un véhicule approche sur la piste numéro six.

Dans le carré des officiers, le lieutenant Dickson Lolman reçut l'avis et répondit :

« D'accord, mon garçon. Si vous ne tournez pas sur la route de Cheviot Hills, dites au chauffeur que vous ne pouvez pas continuer. Personne ne doit entrer ou sortir de la Base !

"Eh bien monsieur.

Cependant, une demi-heure plus tard la sentinelle avait devant lui la blonde Lise Borg qui lui demanda, face à son refus :

« Qui est l'officier de quart ?

« Lieutenant Dickson Lolman, mademoiselle. Mais je le répète...

— Dites-lui que Mlle Lise Borg a besoin de lui parler.

La sentinelle regarda à nouveau la belle fille blonde, terminant par admettre d'un air boudeur :

"D'accord ! Je n'ai vu personne de plus têtu que vous, mademoiselle.

Une seconde plus tard, il communiquait :

« Voici une Vénus blonde qui souhaite vous parler, lieutenant Lolman. Insistez pour entrer dans la Base ! Je te l'ai déjà dit ...

À travers le visophone, regardant plus loin dans l'écran, le lieutenant Dickson Lolman interrompit la sentinelle en répétant :

« Une Vénus blonde, mon garçon ?

Tous les autres officiers le regardèrent et il ajouta :

« Nous les avons déjà ici ! Mais au lieu de martiens, la sentinelle dit qu'elle est vénusienne et...

Les autres officiers ont souri à son commentaire, bien que Pat Summer ait agité la main en signe de licenciement :

« Bah ! tu peux le garder pour toi, Dickson. Je te le donne !

Plus sérieusement, l'officier de quart fait face à l'écran de l'interphone :

« Qu'est-ce que ce blond veut, mon garçon ?

— Elle dit qu'elle s'appelle Lise Borg et qu'elle est la fiancée du capitaine Blay Farrell, monsieur. Il est arrivé avec sa voiture comme une fusée, ignorant les panneaux d'interdiction et assure qu'il ne repartira pas sans en parler au capitaine.

« Lise Borg ? s'est exclamé l'officier de service.

Et puis, après un moment d'hésitation, il annonça :

« Dans vingt minutes, je serai là, mon garçon. Je vais sur la sauterelle !

Pour tout le personnel de la base de Prestwich, un Grasshopper était un hélicoptère à réaction moderne qui, généralement, était utilisé pour se déplacer d'une partie de l'astrodrome à une autre. Ils ont également appelé les petits avions biplaces, alimentés par des batteries atomiques, qui avaient une vitesse encore plus grande, Stork.

Le lieutenant Dickson Lolman ajusta sa combinaison de pilote, demanda le casque à l'un des infirmiers et annonça aux autres officiers :

« La petite amie de Blay est ici. Je ne sais pas ce que je vais lui dire !

— La vérité, Dickson, qui est de service.

« Et tu penses qu'il est normal que nous soyons en service depuis deux mois ? Blay l'a vue, avant, presque tous les jours.

« Les ordres sont des ordres, Dickson. Personne ne devrait savoir que nous sommes à la recherche de soucoupes volantes !

La voix rauque du colonel Alster Holtzman, confirmée, entrant dans le grand carré :

« Bien dit, Lieutenant Masson... Notre mission est un secret militaire. Toute distraction pourrait signifier une panique collective, avec des conséquences très graves.

Ils ont tous redressé la tête devant le chef de la Base, qui a ajouté :

— Je vous accompagne, lieutenant Dickson. Je parlerai à la petite amie de Blay.

"Merci mon Seigneur. C'est une bonne amie et cela aurait été gênant pour moi de lui mentir.

« Nous devrons le faire, lieutenant. Aller!

Quelques minutes plus tard, couvrant la distance entre le contrôle névralgique de la base et la piste numéro six, l'hélicoptère à réaction est descendu à une centaine de mètres où la sentinelle attendait avec une fille blonde nerveuse.

Le colonel Alster Holtzman a salué militairement, tandis que le lieutenant Dickson Lolman a tendu la main à la femme :

Salut, Lise. Comment ici?

« Très impatient, Dickson. Et Blay ? Je ne l'ai pas vu depuis un siècle !

Le colonel intervint :

« Mademoiselle Borg... j'ai bien peur que vous ne puissiez pas voir le capitaine Farrell. Et je suppose qu'il lui a dit qu'elle ne devrait pas venir ici.

— Vous me l'avez dit, colonel. Mais cela fait environ deux mois et je...

« Cela n'a pas d'importance, mademoiselle ! Le capitaine Farrell ne peut pas quitter la base. Ni recevoir des visiteurs !

Lise Borg avait déjà parlé à l'homme et elle se souvenait qu'il n'avait jamais été aussi brusque et distant avec elle. Il croisa brièvement ses pupilles bleues avec les brunes du jeune lieutenant Dickson Lolman, pour poser la question :

"Qu'est-ce que c'est, colonel? Il n'y a jamais eu d'inconvénients pour les membres de la famille à rendre visite à leurs pilotes. Je suis venu ici plusieurs fois et ...

« Tout est différent maintenant, mademoiselle. Vous devez l'admettre comme ça et ne plus poser de questions.

— C'est impossible, colonel. Blay et moi, nous nous sommes mis d'accord pour nous marier dans trois jours !

« Ils devront reporter le mariage... pour l'instant.

« à Blay ? S'il vous plaît, Dickson... Vous devez me le dire !

Dickson Lolman était bouleversé et n'a réussi qu'à dire :

« Blay va bien, mais nous... Le colonel vous informera.

Également agacé par la mise en service de l'officier, Alster Holtzman a menti :

« Le capitaine Farrell, ainsi que d'autres de mes officiers, sont... le sont. Arrêté!

Il vit la surprise et l'alarme dans les yeux de la fille et s'étendit :

« Cela n'a pas beaucoup d'importance... Simples irrégularités dans le service. Vous comprendrez qu'il faut imposer la discipline et...

« Ne vous excusez pas, colonel. Ce sont des choses dans lesquelles je ne devrais pas entrer. Mais je ne vois pas la raison de ne pas entrer pour saluer Blay, une fois ici. Quelle que soit la gravité de sa faute, je pense...

Ils durent s'arrêter lorsqu'ils entendirent les pas de la sentinelle qui courait vers eux depuis la tourelle de contrôle à l'entrée, en criant :

« Colonel ! Officier de service !

L'énergique Alster Holtzman tourna les talons et, imperturbable, s'enquit, les yeux fixés sur le soldat :

" Que se passe-t-il?

« Cela vient du poste de contrôle central, monsieur ! Vous recevez des messages du vaisseau du capitaine Farrell, colonel ! C'est très urgent!

L'inquiétude dans les yeux, Lise Borg regarda le militaire, qui avait menti, en lui rappelant :

— Ne m'avez-vous pas dit que Blay était en état d'arrestation, colonel ? Comment pilote-t-il un navire ?

Il n'y eut pas de réponse.

CHAPITRE V

Le colonel Alster Holtzman n'avait pas répondu, occupé à l'interphone, demandant à son tour :

« Qu'y a-t-il, major ? Parlez vite !

La voix leur parvint les informant clairement :

« Je vous mets avec le capitaine Farrell, monsieur. Votre vaisseau a repéré un escadron de soucoupes volantes... Et elles s'abattent sur vous !

Incapable de l'éviter, comme secouée par un ressort, Lise Borg repoussa le lieutenant Dickson Lolman et le colonel, se précipitant vers le micro en appelant :

« Blay ! Blay ! Peux-tu m'entendre bébé C'est moi ! Lise !

* * *

À environ dix mille milles au-dessus de la Terre, pour la centième fois au cours de ces trois jours de patrouille constante, le capitaine Blay Farrell ordonna à son copilote :

— Branchez l'écran radar, Claney.

Claney Hill jeta un coup d'œil au commandant du navire, l'informant :

« Nous manquons d'énergie, Blay. Ce bavardage est très consumant.

— Et les batteries du générateur, sergent Yay ?

Le sergent Yay Banto, à son tour, a rapporté :

« Nous avons eu une panne, capitaine ; un court-circuit les a désactivés.

Blay Farrell a regardé le panneau du tableau de bord, lu quelques chiffres, et après avoir fait un calcul mental, relayé à l'équipage du navire :

« Nous sommes de retour, les gars. J'ai déjà envie de prendre un bon bain !

Le lieutenant Claney Hill regarda les horloges atomiques et jugea approprié de rappeler à son patron :

— Notre patrouille ne se termine pas avant 6 h 15, Blay. Il nous reste encore trois heures.

« Je dirai au colonel que nous avons eu une panne dans les batteries de production d'électricité. Encore trois heures de vol, et tu me diras comment nous allions atterrir.

L'écran radar avait été rallumé et à cet instant, Claney Hill se pencha pour mieux voir le point lumineux qui changeait rapidement de direction.

Et sa voix sortit, alarmée :

« Regarde ça, Blay ! Ce navire est sur nous !

Blay Farrell refit le calcul, ses pupilles fixées sur le point lumineux de l'écran radar.

« Ça ne peut pas être le vaisseau de Yoshi ou celui de Ray ! Yoshi doit survoler le Pacifique à la hauteur d'Hawaï.

Il a réagi rapidement et a allumé la radio sur l'onde de fréquence précise, parlant avec enthousiasme :

« Yoshi ? Ici Aigle I à Aigle II... Je répète : Aigle I à Aigle II... M'entends-tu, Yoshi ?

La voix de Yoshi-Ito, avec son terrible anglais d'être né au Japon, leur parvint, confirmant :

« Aigle II à Aigle I. Je vous entends parfaitement, Blay. Ce qui se produit ?

Le capitaine plus calme Blay Farrell a demandé :

« Suivez-vous votre itinéraire de vol normal, Yoshi ?

— Naturellement, Blay. Pourquoi pas ? Ici, tout continue sans nouvelles, même si à chaque passage que nous prenons pour les îles hawaïennes suscite l'envie de mes garçons. Nous aimerions descendre nous baigner sur les plages dorées de Honolulu !

Pendant qu'ils parlaient, les yeux de Blay Farrell continuaient de fixer ce point de lumière étrange sur l'écran radar, annonçant au commandant de l'ère du navire :

"Bref, Yoshi... Je vais essayer de communiquer avec Ray.

Changé la fréquence des ondes, petit à petit, Blay Farrell a annoncé :

« Aigle I à Aigle III. Tu m'entends, Ray ?

Cette fois, la voix était curieuse et Ray Stell les a contactés en rapportant :

« Parfaitement, Blay. Nous sommes bas maintenant! Pour que nos horloges, deux heures et quarante-cinq minutes, soient relevées. C'est assez ennuyeux de traîner ici pendant trois jours, les gars.

« Vous suivez votre voie normale, n'est-ce pas, Ray ?

« Quel remède ? Toi et Yoshi avez eu plus de chance. Et les côtes de Californie et du Canada ?

"Merveilleux, Ray ! Mais il y a quelque chose que je ne comprends pas très bien. Sur notre écran nous avons un point lumineux qui ne cesse de se rapprocher. Si ça continue comme ça, dans quelques minutes on l'aura au dessus...

La voix rauque de Ray Stell leur parvint, caillée d'appréhension :

« Un... un point de lumière, dites-vous, Blay ? Vous voulez dire un vaisseau spatial ?

« Oui, Ray... J'ai également communiqué avec Yoshi et ni lui ni vous ne pouvez l'être. D'après ce que je pense, cela peut être...

« Une soucoupe volante, Blay ? Pas!

— Ça l'est, Ray... et pas un. Il y a plusieurs!

Blay Farrell a coupé la communication avec le vaisseau Eagle III et a recherché l'onde de fréquence qui le mettrait en contact avec la base de Prestwich. Et lorsqu'elle a fini de transmettre les signaux qui l'ont identifiée, elle a pu informer le major de la tour centrale de contrôle, ne prenant plus la peine de regarder l'écran radar :

« Major Loring... Tenez bon, monsieur ! Nous avons cinq soucoupes volantes, qui évoluent pour nous entourer !

Quelque chose comme ça était attendu et, au cours de ces longues sept semaines de patrouilles constantes, chaque équipage avait rêvé d'être le premier à découvrir les Objets Volants Non Identifiés.

Cependant, c'était une chose de rêver de cette rencontre, et une autre d'être dans la réalité devant les mystérieux ovnis.

Et apparemment dans un plan d'attaque, entourant le navire commandé par le capitaine Blay Farrell. Que deviendrait l'Eagle I, malgré ses puissants moteurs et l'arsenal atomique dont il était équipé ?

Le major Loring a accepté l'avis du capitaine qui a transmis le message, s'accrochant fermement au siège, s'enquérant :

« Êtes-vous sûr que ce sont des soucoupes volantes ?

La réponse était accablante, sans aucun doute :

« Ils le sont, aîné ! Des vaisseaux très grands et brillants qui semblent tourner sur eux-mêmes, comme sur un axe invisible. Ils ne font pas de bruit et nous ne savons pas s'ils ont des moteurs ou quelle énergie les anime. Mais ils sont là, tout près de nous, projetant depuis leur base des faisceaux colorés, orange et bleu, virant parfois au vert et au rouge profond.

L'information a été complétée par la voix du copilote Claney Hill, transmettant, à son tour, à la base de Prestwich :

« Ils ne semblent pas avoir de fenêtres, monsieur. Ils sont métalliques et je pense hermétiquement scellés. A la vitesse à laquelle ils tournent, ça ne s'observe pas bien !

Le major Loring transpirait abondamment et était incapable de prendre des décisions, a relayé :

« Le colonel Holtzman n'est pas là ! Ils me disent qu'il est passé au contrôle de la piste numéro six !

Et puis, comme pour oublier quelque chose :

« Suis-moi, Blay ! Pensez-vous qu'ils vont se rapprocher? Si oui... Tirez vos jets atomiques !

Blay Farrell, par instinct d'auto-préservation, et pensant également à la vie des hommes qui pilotaient son navire, était sur le point d'actionner les commandes qui mettraient en mouvement ces armes mortelles et désintégrantes. Peu importe à quel point les êtres qui équipaient les soucoupes volantes étaient supercivilisés, il n'était pas présumé qu'ils fabriquaient leurs vaisseaux avec des matériaux capables de résister à la désintégration atomique.

Mais ses pouces se raidirent, pensant à l'énorme responsabilité qui, dans ces moments, lui incombait.

S'il se désintégrait avec l'un des jets atomiques, l'un de ces cinq vaisseaux, que pourrait-il se passer ensuite sur Terre ? Ces mystérieux êtres cosmiques, ne prendraient-ils pas une juste revanche après avoir été attaqués ?

Un instant, il regarda les hommes de son équipage. Le lieutenant Claney Hill était trop jeune pour mourir. Le sergent Yay Banto avait une femme et trois enfants, et sur les cinq autres, deux autres étaient des hommes mariés. Allaient-ils tous mourir là-bas ?

Blay Farrell avait le sentiment tenace que chaque seconde qui passait durait un siècle. Que de choses pourraient être imaginées en une seule fraction de seconde !

Sans savoir comment, il se retrouva à transmettre au major Loring :

« Entrez en communication directe avec le colonel, le major Loring. Tout dépend de ce que nous décidons dans les prochaines minutes, monsieur.

« Je comprends, Blay... Je te connecte à la tour numéro six.

« Merci, major. Et autre chose, monsieur... Je ne vais pas tirer les jets atomiques, pour l'instant...

"Mais...

« Nous tenterons notre chance en les regardant danser cette danse autour de nous. Je pense qu'on pourrait en désintégrer deux ou trois, mais les autres...

— Je comprends, Blay. C'est une mesure prudente ! Je vous mets avec le colonel Holtzman.

C'est alors qu'en entrant en communication directe avec la tour sur la voie numéro six, Blay Farrell entendit la voix de la femme qu'il aimait, l'appelant :

« Blay ! Blay ! Peux-tu m'entendre bébé C'est moi ! Lise ! Parle-moi s'il te plaît !

Il était si perplexe que, pour le moment, il ne pouvait rien dire.

CHAPITRE VI

Il a dû réagir, être calme et il a enfin pu transmettre, renversé matériellement au micro :

« Salut, Lise, ma chérie ! Comment ça va, à la Base ?

Mais instantanément, pensant qu'ils avaient d'autres choses bien plus vitales qu'eux-mêmes, d'une voix pressante il demanda :

« Cherchez le colonel Holtzman ! C'est très urgent, Lise !

Même son vaisseau fit entendre la voix du chef de la Base :

« Qu'y a-t-il, capitaine Farrell ? Le major Loring m'a dit...

Il hésita un instant en présence de la femme, mais il calcula que toute objection était déjà tardive. Chaque seconde perdue pouvait être vitale et c'est pourquoi il a fini par demander :

— C'est vrai, Blay ?

"Oui, colonel. Ce sont des soucoupes volantes, des ovnis, ou peu importe comment vous voulez les appeler ! Mais ils sont là ! Devant nous et nous entourent, monsieur !

« Tire, Blay ! Désintégrez-les !

« Il y en a cinq, mon colonel !

« C'est pareil, mon garçon ! Ils ont douze fusées atomiques ! Je t'ordonne de tirer !

Blay Farrell calcula les chances de victoire ; il était vrai que son vaisseau avait douze fusées atomiques, six attachées de chaque côté. Mais instantanément, il s'est rendu compte qu'il ne pouvait pas frapper les cinq à la première volée.

Dans cette danse autour d'eux, qui leur semblait macabre, dans leur rotation constante sur un axe invisible, au moins deux des cinq étranges Objets Volants se trouvaient en dehors de leur angle de tir ; celui qui se tenait devant eux et celui qui indiquait sur l'écran radar qu'il les regardait de dos.

Soudain, Blay Farrell dut arrêter de réfléchir.

Quelque chose sembla exploser dans les écouteurs qu'elle portait, menaçant de lui faire perdre ses tympans. Après une série de cliquetis et de bruits confus, une voix aux cloches métalliques fit son chemin, lui ordonnant :

« Suivez-nous, capitaine Blay.

Le lieutenant Claney Hill lui toucha le coude en criant :

« Notre radio a été trafiquée, Blay ! Ce sont eux qui l'ont fait !

Une série de bruits assourdissants l'atteignit à nouveau, avant que la même voix impersonnelle et métallique ne commande à nouveau :

« Suivez-nous, capitaine Blay. Ne résistez pas. Ils ne pourront plus communiquer avec la Terre. Suivez-nous, capitaine Blay... Suivez-nous, capitaine Blay... Suivez-nous, capitaine Blay...

La voix métallique ne s'arrêta pas. Incapable de tenir ce refrain plus longtemps, Blay Farrell a enlevé son casque et ses écouteurs, essayant de changer l'onde de la radio.

Le casque est resté sur le panneau de commande et la voix métallique a continué à sortir du casque, répétant inlassablement :

« Suivez-nous, capitaine Blay... Suivez-nous, capitaine Blay... Suivez-nous, capitaine Blay...

Le copilote a emboîté le pas, et le sergent Yay Banto a fait de même derrière lui, tous deux retirant également son casque. Mais ce n'était pas pour cela qu'ils étaient libres de la voix métallique impérieuse, qui continuait sans fatigue :

« Suivez-nous, capitaine Blay... Suivez-nous, capitaine Blay...

Le commandant de l'Eagle I regarda son équipage, qui fut instantanément tous rassemblés dans le cockpit central. Blay Farrell lut de la perplexité et de la consternation dans leurs yeux, mais pas de la peur.

Pas; la peur n'avait pas encore fait son apparition.

Cela le rassure, l'encourage à leur ordonner :

« Chacun à sa place, les garçons. Je ne suis pas prêt à suivre ces gars, même s'ils ont intercepté nos communications !

"Pour le moment, ce sont eux qui nous suivent", a commenté le lieutenant Claney Hill.

C'était vrai, le vaisseau de Blay Farrell continuait à naviguer dans l'espace en direction de la base de Prestwich et les cinq objets volants, toujours autour d'eux, suivaient également cette direction. Et apparemment, ils l'ont fait sans aucune difficulté, sans contrainte apparente sur leurs moteurs, s'ils en avaient. Ils se sont simplement tournés et retournés vertigineusement sur eux-mêmes, en même temps qu'il le faisait aussi sur Eagle I, accélérant ou ralentissant, selon le vaisseau qui appartenait à la Terre.

C'est le caporal Doyer qui a posé la question :

« Allons-nous leur tirer dessus, monsieur ?

« Oui, Doyer... Abattons-les ! Et nous le ferons en une fraction de seconde, lorsque nous serons dans la meilleure position d'angle de prise de vue. D'accord les gars ?

"Oui capitaine...

Claney Hill était toujours hypnotisé, regardant son casque, écoutant la voix métallique qui n'arrêtait pas d'ordonner :

« Suivez-nous, capitaine Blay... Suivez-nous, capitaine Blay... Suivez-nous, capitaine Blay...

" C'est affolant ! " s'exclama le copilote. " Je les enverrais volontiers en enfer !

Avec un sourire ironique, Blay Farrell montra la radio.

« Essaie, Claney... Peut-être qu'ils t'écouteront et s'enfuiront.

« Écoute, espèce d'idiot ! Peux-tu m'entendre? Tu ne peux rien dire d'autre ? Nous ne vous suivrons pas ! Vous pouvez aller en enfer!

De nouveaux bruits métalliques et stridents s'échappaient des écouteurs, perçant finalement la même voix métallique et impersonnelle :

"Ils ont tort... Ils ont tort... Ils ont tort... Ils ont tort...

" Merde ! Ils veulent nous rendre fous !

Claney Hill frappa furieusement son casque, qui roula sur le tableau de bord, trébuchant sur la manette des gaz. Les tuyères du moteur sont entrées dans une autre phase et le vaisseau a semblé rebondir dans l'espace, atteignant sa pleine vitesse.

Trente mille kilomètres à l'heure...

Quand ils ont réussi à se lever, Blay Farrell a regardé dehors et tout est resté pareil. Apparemment, le fait qu'ils aient doublé leur vitesse n'affectait en rien leurs étranges poursuivants.

Cependant, bientôt, l'image a changé.

Douze faisceaux de lumière jaunâtre ont été tirés de l'étrange navire tournant devant eux, et lorsque les pointes de ces faisceaux ont frappé le navire terrestre, ses membres d'équipage ont ressenti un choc électrique.

Le sergent Yay Banto n'a pu y résister et a de nouveau roulé sur le sol de la cabine, restant à côté des bottes aimantées de son capitaine. Blay se pencha sur lui :

« D'accord, sergent ?

« Oui... oui, capitaine. Je n'ai perdu l'équilibre que lorsque j'ai ressenti cette secousse.

Ils l'ont aidé à se relever et il a regardé dans toutes les directions, s'interrogeant :

« L'avez-vous ressenti vous aussi ?

— Oui, sergent. Et j'ai peur que le navire aussi... Regardez ça !

C'est le jeune caporal Doyer qui a pris la parole, l'index pointé vers le tableau de bord, où une lumière rouge clignotait constamment.

« Défaillance de la réserve d'oxygène ! Le copilote a crié.

Il ne pouvait plus douter. Le combat durerait jusqu'au bout et ils avaient montré qu'ils possédaient des rayons électriques, avec lesquels ils essaieraient de détruire le vaisseau terrestre. Mais Blay Farrell a calculé que l'énergie atomique qui contenait son Eagle I était beaucoup plus puissante.

Douze fusées qui...

« À vos messages ! », crie-t-il.

Il est allé retirer son casque sur le tableau de bord lorsqu'il s'est rendu compte que la litanie agaçante continuait de sortir des écouteurs :

"Ils font mal... Ils font mal... Ils font mal...

Furieux, Blay Farrell saisit les commandes pour manœuvrer, pour faciliter la visée. Et il murmura entre ses dents :

« Maintenant, vous allez voir ! Je vous assure que vous serez nombreux à le ressentir ! FEU!

L'un des étranges objets volants a cessé d'exister, se transformant en une immense fusée de toutes les couleurs, comme si l'arc-en-ciel lui-même avait explosé. L'espace était rempli d'explosions fulgurantes et l'onde de choc de cette désintégration a atteint le vaisseau terrestre. Fugitivement, ses membres d'équipage ont eu l'impression que le Soleil avait éclaté en mille morceaux, disparaissant un peu à leur vue, derrière un gigantesque nuage de fumée et de vapeurs de toutes les couleurs, toujours ascendant, en forme de champignon, vers le haut.

Le spectacle dantesque se répéta, presque simultanément trois fois à droite et à gauche, en quelques fractions de seconde, et la voix du caporal Doyer annonça :

« Fusées cibles un, deux et trois, capitaine !

« Bon travail, mon garçon ! "Félicitations, à son tour, le commandant du navire." C'est parti pour les deux autres !

Il tourna rapidement le levier de direction, à quatre-vingt-dix degrés, afin que dans la révolte vertigineuse les fusées atomiques restantes installées sur les côtés puissent se diriger directement vers les deux autres ennemis qui lui restaient.

Mais c'était un travail inutile et trop lent pour l'énorme vitesse de ses deux ennemis qui, plus rapides qu'eux, variaient aussi de direction. Blay Farrell répéta la manœuvre plus rapidement, et tout continua de la même manière. Une troisième tentative avec les nerfs déjà effilochés, n'a pas obtenu de meilleurs résultats.

" C'est inutile ! " Protesté. " Ils nous ont battus en vitesse et en accélération dans les manœuvres. On ne pourra plus jamais les surprendre d'avoir ces deux là à portée !

Pour la première fois au cours de ces minutes angoissantes, le jeune lieutenant Claney Hill sembla perdre le contrôle de ses nerfs et cria :

« Que pouvons-nous faire, Blay ? Maintenant, ils vont nous abattre sur un coup de tête, avec leurs rayons électriques !

« Calme-toi, Claney, calme-toi... Quand ils ne l'ont pas déjà fait, ce sera pour quelque chose.

Il continuait à descendre et les contours de la côte californienne étaient déjà parfaitement reconnaissables à l'œil nu. La mer et la terre sont sorties avec une grande clarté et fugitivement, Blay Farrell a pensé que c'était la même chose d'être détruit à un endroit qu'à un autre. Peut-être mieux dans l'océan, pour éviter la peine de les identifier.

En y repensant, un nom me vient à l'esprit, Lise Borg, elle avait rêvé de l'épouser et maintenant...

D'une griffe il attrapa la coque avec les curieux écouteurs où, impersonnellement, comme si rien n'était arrivé aux trois étranges vaisseaux compagnons des deux autres qui continuaient à les poursuivre, la voix métallique continua de dire :

"Ils font mal... Ils font mal... Ils font mal...

« Qu'attendez-vous, lâches ? Foutez-nous le camp !

Avant ses cris à la radio, la litanie a changé pour une autre qui a également émergé du casque :

"Continuez à descendre... Continuez à descendre... Continuez à descendre...

Blay Farrell fixa son copilote Claney Hill.

« Il semble qu'ils ne changent que la chanson, à chaque fois que nous leur parlons. As-tu remarqué, Claney ?

« Oui ! Et c'est très étrange !

Derrière lui, la voix du sergent Yay Banto commente :

« Ce qui est étrange, c'est qu'après avoir vu ce que nous avons fait avec leurs compagnons, ces deux-là de plus, ils ne nous attaquent pas.

Blay Farrell est revenu à la radio.

" D'accord ! Débarquons...

Ils n'avaient qu'à attendre que la série de bruits métalliques stridents passe, pour entendre à nouveau la voix impersonnelle qui leur transmettait :

« Nous les suivons... Nous les suivons... Nous les suivons...

"Comme lourd ! "On les suit, on les suit" ", a remédié Claney Hill. Pourquoi répètent-ils autant les choses ? On dirait de vieux perroquets.

Plus posé que son copilote, Blay Farrell se dirigea de la grotte vers la base de Prestwich, non sans annoncer à la radio, au moins pour changer l'air monotone :

« Pourquoi insistez-vous pour nous suivre ? Ils vous attraperont là-bas !

Suite aux bruits métalliques, le casque a dit :

"Nous avons une panne... Nous avons une panne... Nous avons une panne....

Bien; c'était comme respirer facilement. Ils se rapprochaient de la base de Prestwich, à en juger par ce qu'ils n'arrêtaient pas d'annoncer maintenant, on pouvait calculer qu'ils n'allaient pas les attaquer avec leurs boulons électriques. Tout cela était très étrange et déroutant à la fois.

Si l'équipage de ces objets volants était des êtres d'autres planètes, peut-être d'un autre système solaire, ne comprenaient-ils pas que s'ils continuaient à les suivre et atterrissaient sur Terre après eux, ils y seraient capturés ? Une telle éventualité n'avait-elle aucune importance ? Ne craignaient-ils rien ? Étaient-ils totalement dépourvus de sentiments et pour cette raison n'avaient-ils pas commenté la désintégration des trois autres navires, leurs compagnons de vol ?

"Tout ça me fait très peur," murmura doucement Claney Hill. Ils voudront peut-être nous abattre lorsque nous serons sur la base, afin que tout le monde puisse voir leur pouvoir. Ils veulent que sur Terre ils le découvrent bien... Ils vont se venger !

Blay Farrell fixa son jeune copilote nerveux et opina, faisant preuve de noblesse :

« Tu ne penses pas qu'au fond, ils auraient le droit de le faire, Claney ?

« Pourquoi, Blay ?

« Tu calcules, mon garçon ! Nous n'avons aucune idée du nombre d'êtres qui habitaient ces trois navires que nous avons désintégrés.

« Ils l'ont demandé ! Laissez-les rester dans votre monde et ne venez pas nous déranger !

— Nous étions à environ dix mille milles de la Terre quand nous les avons trouvés, Claney. Je ne connais aucune loi qui dit qu'à cette hauteur l'espace appartient à notre planète.

« Monsergas, Blay ! Ils voulaient qu'on les suive. Ils l'ont répété mille fois, comme des perroquets !

La voix lente du sergent Yay Banto, résonnait à nouveau dans le dos des deux amis, pointant du doigt :

— Ce qui est étrange, c'est qu'ils parlent notre langue, capitaine.

« Bien, sergent ! Je me suis déjà posé la même question. Mais j'ai renoncé à y répondre. Tout bien considéré, tout est très étrange.

« Oui, mon capitaine... nous avons Prestwich !

« Dieu veuille que les pistes soient dégagées et nous pouvons atterrir. Sans communication depuis un moment, nous n'avons pas pu rapporter ce qui s'est passé, et que nous revenons. Et en bonne compagnie !

CHAPITRE VII

Malgré la poursuite, la manœuvre de Blay Farrell a été parfaite et il a placé le vaisseau Eagle I sur la piste numéro deux, tandis que les deux soucoupes volantes, tournant vertigineusement sur elles-mêmes, jusqu'à donner l'impression qu'elles ne bougeaient pas, le faisaient. au bout de la piste numéro neuf, à l'extrême gauche de la Base, où il n'y avait pas de ciment et le sol était desséché et des terrains abandonnés, sans aucune utilité.

De la partie inférieure de ces navires cylindriques sortaient des jets de vapeur de mille couleurs qui, malgré l'énorme puissance démontrée lors du soulèvement et de la calcination de la terre, faisaient peu de bruit.

Enfin, ils étaient fixés au sol, à cinq milles environ du centre de la Base, tous en mouvement et agités par le va-et-vient nerveux des hommes désireux de prendre chacun leur place.

Les artilleurs alignèrent les canons de fusées atomiques, en direction des visiteurs étranges. Les autres armes conventionnelles étaient également prêtes : une vingtaine de chars en acier, de proportions énormes, se mirent en branle, ouvrant la voie à une cinquantaine de véhicules remplis de soldats, également armés de bazookas et de fusils atomiques, qui n'avaient été testés qu'en essais.

Douze véhicules des pompiers y ont couru, faisant tonner l'air du hurlement de leurs sirènes, ce qui a rendu l'atmosphère d'agitation et d'alarme encore plus tendue. Dix jets ont décollé des pistes et ont commencé à évoluer sur la Base, dans une vigilance constante sur les étranges artefacts dont personne ne pouvait calculer ce qu'ils contenaient à l'intérieur de leurs ventres cylindriques, d'une centaine de mètres de diamètre.

Mégaphone à la main, sur la plate-forme d'un véhicule roulant à vive allure sur la voie numéro deux, où l'Aigle I de Blay Farrell était déjà perché, le colonel Alster Holtzman n'arrêtait pas de crier des ordres de sa voix grave :

« Tout le monde à vos messages ! Que chacun sache remplir son obligation ! Je ne veux pas d'échec, les gars !

Les haut-parleurs transmettaient également des ordres à travers la Base, tandis que dans la Tour de Contrôle Centrale, nerveux et transpirant abondamment de chaque pore de sa peau, le Major Loring transmettait, à son tour, ces nouvelles phénoménales, directement au Département de la Défense du Gouvernement Central Galactique.

" Attention ! Attention ! C'est la base de Prestwich ! Deux ovnis ont atterri sur la base ! Ils sont perchés à environ huit kilomètres du court central ! Ils sont descendus à la poursuite du navire du capitaine Blay Farrell ! Nous prenons toutes les mesures nécessaires !

Tous ceux qui pouvaient entendre la nouvelle ont compris qu'ils vivaient des moments cruciaux pour la Terre. L'histoire de l'homme allait changer, à partir de ces moments-là, la race humaine n'était pas seule dans l'Univers, comme on le croyait depuis des millions et des millions d'années.

Personne ne pouvait être sûr que ce serait pour le meilleur... ou pour le pire !

Personne ne pouvait rien deviner.

Rien du tout!

La réponse se trouvait dans ces deux énormes boîtes surprises, métalliques et brillantes au soleil, fondues et fabriquées dans un autre système solaire, sur une autre planète lointaine, sur d'autres mondes.

Sentiment qui était bien plus dérangeant et en même temps enivrant que ce qu'avaient pu ressentir Christophe Colomb et ses audacieux marins en découvrant l'Amérique.

Oui : c'était d'autant plus vrai qu'il s'agissait de scruter l'une des fenêtres infinies de l'Univers et d'entrer en contact direct avec des êtres étrangers à la Terre. D'authentiques habitants d'un Nouveau Monde, infiniment plus intéressants que n'auraient pu l'être les premiers

Amérindiens, accueillis par les Européens qui traversaient pour la première fois le grand océan Atlantique.

L'imagination était perdue, résolue à deviner et à formuler des hypothèses. Il était inutile de s'efforcer de concevoir des idées ou des images qui, peut-être, face à la réalité, devraient être modifiées instantanément.

On ne pouvait qu'espérer. Et regardez !

À quoi ressemblaient ces êtres mystérieux et que voulaient-ils ? Pourquoi, enfin, avaient-ils décidé de se montrer ? Quelles raisons avaient-ils de faire cela ?

L'inconnu était toujours là, dans ces deux Objets Volants Non Identifiés qui, maintenant, enfin !, allaient être.

Alors qu'ils approchaient, le capitaine Blay Farrell a informé le colonel Alster Holtzman de tout ce qui s'était passé. Le chef de la Base fronça les sourcils et dit seulement :

« Étrange, Blay... Très étrange !

Lise Borg a été matériellement collée à Blay sur la plate-forme du véhicule, en liant l'homme qu'elle aimait avec un de ses bras, autour de la taille, et en permettant au pilote de passer le sien sur ses épaules. Occupé par des choses plus importantes qui avaient été précipitées, le colonel Holtzman n'avait pas trouvé le moyen d'interdire à la jeune fille d'entrer dans la base. Ils avaient tous vécu un moment terrible lorsque les communications radio avec Eagle I et la fille avaient été coupées, elle méritait bien de pouvoir voir, maintenant, par elle-même, que Blay Farrell et ses hommes étaient revenus sains et saufs sur Terre.

« J'ai eu une peur terrible ! "La fille a chuchoté, cachant son visage sur la poitrine de l'homme.

La main libérée du gant, Blay Farrell pressa l'épaule féminine d'un mouvement affectueux en répondant :

« Calme-toi, Lise. Il ne nous est rien arrivé !

"Mais ces... ces hommes qui sont là-dedans, dans ces bateaux...

Le pilote sourit, pour rassurer la femme :

" Des hommes...? On ne sait pas si ce sont des hommes, chérie.

« Pire encore, Blay... S'ils s'avèrent être des êtres hideux et monstrueux, je... je...

— Tu n'aurais pas dû venir, Lise. Le colonel Holtzman n'aurait pas dû vous laisser...

Celui-ci tourna la tête vers eux, cessant d'observer la marche du véhicule vers l'objectif où ils convergeaient tous.

— Je n'ai pas pu m'en empêcher, Blay. En tout cas, maintenant tu prends soin de ta fiancée et reste loin de ces... ces... artefacts.

Puis il les oublia pour crier, dans le mégaphone, de nouveaux ordres :

« Formez un cercle ! Que personne ne s'approche à moins d'un demi-mile ! La Section de Choc en première ligne ! Installez les bazookas ! La 5e et la 6e Compagnie, derrière !

Il a laissé le mégaphone entre les mains d'un de ses assistants, pour faire face à la radio installée dans le véhicule, entrant en communication avec les jets qui survolaient la zone.

" Attention ! Attention ! C'est le colonel Holtzman ! Faites bien attention à ce que je vais dire !

Avant de donner l'ordre, alors que le véhicule était déjà arrêté à un demi-mille des deux gigantesques vaisseaux extraterrestres entourés de véhicules et des vingt chars pleins de soldats, le colonel Holtzman jeta un bref coup d'œil aux hommes qui formaient les Compagnies de Choc et à la fin, il ajouta:

« En cas d'urgence, s'ils voient que le combat est établi et que nous commençons à en supporter le pire. N'hésitez pas à lâcher les bombes sur la cible !

Blay Farrell reconnut la voix du lieutenant Pat Summer, qui commandait maintenant l'escouade à réaction. Et sa question avait des tons d'angoisse, quand par la radio il a demandé :

« Les bombes, colonel ? Êtes-vous en train d'insinuer que... nous vous avons battus aussi ?

« C'est ce que j'ai dit, lieutenant Summer ! Si le combat commence et qu'ils commencent à nous battre... Rasez toute cette zone ! C'est clair ?

« Oui, monsieur... A commander !

La pression de la main de Blay Farrell s'accentua sur l'épaule de Lise Borg. Leurs regards se croisèrent et silencieusement les deux comprirent l'ordre brutal du colonel : si quand les membres d'équipage de ces navires sont partis le combat a commencé et, malheureusement, les terrestres ont commencé à en supporter le pire, pourquoi hésiter à les détruire aussi, si avec ça mesurer était-il possible d'anéantir les visiteurs étranges ?

Payer le tribut de cinq ou six cents vies humaines en prévision de ce qui pourrait sortir de ces deux soucoupes volantes n'était pas un prix très élevé.

De toute façon, l'Humanité entière se souviendrait de leurs noms, en tant que héros.

Oui : l'histoire les citerait comme les premiers Terriens qui avaient commencé le cycle de la nouvelle lutte. La lutte contre les habitants des autres planètes. D'autres mondes sidéraux.

Ce serait dommage que cela se passe comme ça, maintenant que, enfin, la Terre a réussi à résoudre ses problèmes internes et que la paix régnait sur toute la planète.

Soudain, Blay Farrell fixa les yeux sur la radio du véhicule dans lequel ils se trouvaient. De là venaient des bruits métalliques qu'il croyait déjà avoir entendus, lorsqu'il survolait son vaisseau. Le chauffeur essayait vainement de rattraper la vague qui communiquait avec l'escouade à réaction. Il n'y parvint pas et seule la présence de l'étrange colonel Holtzman l'empêcha de lâcher un refus.

Blay Farrell le calma :

« Ne t'en fais pas, mon garçon. C'est ton interférence !

« Comment, capitaine ?

La question sèche a été posée par le colonel Holtzman, et le pilote a tenté de s'expliquer.

« À l'étage, ils ont également intercepté notre radio. Soit je me trompe, soit derrière ces bruits on entend une voix métallique qui...

Blay Farrell n'avait pas tort. L'autoradio se mit à bourdonner :

"Nous avons une panne... Nous avons une panne... Nous avons une panne...

Alors qu'il poursuivait inlassablement le chant monotone, oubliant cette fois la présence de la femme, c'est le colonel Alster Holtzman qui lâcha :

« Diables ! Damnés ! Ils se faufilent autour de notre planète et après avoir intercepté notre radio, tout ce qu'ils peuvent penser à annoncer c'est qu'ils ont une faute...

Il se tourna avec colère vers la radio et continua de beugler :

« Eh bien, sors d'ici et on va te soigner, bordel !

Étrangement, la chanson changea, se répétant encore et encore ces mots :

"Sortons... Sortons... Sortons...

Alster Holtzman se tourna vers ses officiers et cria, à pleins poumons :

" Attention ! Toutes les armes sont prêtes !

Cinq cents hommes fixèrent leurs pupilles anxieuses sur les deux vaisseaux sphériques. Mille mains serraient leurs armes, prêtes à tirer. Pendant un instant, le silence sembla régner dans toute cette zone reculée de la base de Prestwich, seulement déchirée par les airs par les passes des jets qui volaient à haute altitude, également prêts à intervenir avec leurs bombes atomiques.

Le bruit qui a suivi a peut-être rappelé à Lise Borg le faible sifflement de sa cafetière, lorsqu'elle préparait son café du matin, ou lorsque la cocotte minute annonçait que la nourriture était prête.

Mais, spécialiste de l'acoustique après tout, il a identifié le sifflement comme la fuite de pression d'une porte lorsqu'elle était activée, lorsqu'elle était ouverte. Et soudain, un faisceau de lumière d'une blancheur intense frappa ses pupilles.

CHAPITRE VIII

La lumière provenait d'une trappe qui avait été ouverte dans l'un des vaisseaux spatiaux cosmiques et les aurait aveuglés si, petit à petit, comme si en régulant son intensité, elle n'avait pas été réduite à celle normale d'une ampoule de 100 watts.

Une échelle métallique pliante apparut à travers cette porte éclairée et bientôt, impassibles et rigides comme des automates, les étranges membres d'équipage commencèrent à descendre.

Ce fut un moment unique, sans précédent, dans l'histoire de l'homme, sur Terre !

C'étaient des robots !

Oui, une douzaine de robots larges et massifs de six pieds de haut avec des membres articulés, posant les plaques métalliques de leurs grands pieds sur les marches de l'échelle.

Lorsqu'ils atteignirent le sol, le bruit rythmé de leurs pas cessa et, toujours en file indienne, suivant celui qui les précédait, ils changeèrent de direction, marchant en rythme vers le béton des pistes.

C'était une scène étonnante et étrange.

Des êtres mécaniques !

C'étaient les habitants d'autres mondes ?

Absurde : quelqu'un a dû les créer, forcément.

Enfin, la rangée des douze robots, s'arrêta sur la piste numéro un et là les poupées mécaniques se retournèrent comme des soldats disciplinés. Ils restaient rigides et immobiles, comme si les batteries ou l'énergie qui les animaient s'étaient épuisées. Seul un scintillement bleu dans l'un des trous de leurs têtes humanoïdes métalliques carrées annonça que ce n'était pas le cas.

Le colonel Holtzman a finalement pu fermer la bouche qu'il avait tenue ouverte contre son gré. Et il murmura à voix basse :

« Eh bien, messieurs... Saluons nos visiteurs !

D'une main il arrêta le mouvement de Lise Borg qui s'apprêtait à suivre le capitaine Blay Farrell, ordonnant à la jeune fille blonde :

"Non madame, maintenant ce sera une gentille fille et elle restera ici. Seuls le capitaine et mon assistant m'accompagneront. Votre présence pourrait les déranger et..." il s'arrêta et souhaitant faire de tout cela une blague, continua-t-il. faut pas avoir l'habitude de voir de si jolies femmes !

La courtoisie et les commentaires énergiques du colonel avaient cet air de fête parce que tout s'était bien passé mieux qu'ils ne l'avaient initialement prévu. Heureusement, les premiers contacts avec les étranges visiteurs ne pouvaient être plus apaisés, et c'est ce qui a fait plaisanter le chef de la Base.

Lise Borg ne protesta pas, et lorsque les trois hommes avancèrent d'une centaine de mètres, Blay Farrell opina :

« Je pense que je devrais m'approcher seul, colonel.

« Pourquoi, Blay ? Tu veux te vanter de la priorité de cette rencontre sensationnelle plus tard ?

« Je suis sérieux, colonel. Ils peuvent être dangereux !

— Je ne pense pas, Blay... Regarde-les bien : on dirait des soldats parfaitement disciplinés. J'aimerais que mes hommes tiennent bon comme ça ! Ça me fait plaisir de te voir!

Les trois hommes continuèrent d'avancer, réussissant à distinguer plus de détails en s'approchant des douze robots formés. Oui : ils avaient deux fentes dans la tête pour les yeux et une en bas, comme si c'était la bouche. Tout au long de l'ensemble, on pouvait voir que quels que soient leurs constructeurs, ils s'étaient efforcés de leur donner une apparence humaine.

Il était ainsi désigné par ces bras et jambes articulés, avec des doigts sur les mains, qui pouvaient être capables de mouvements appropriés, pour manipuler des ustensiles. Le corps était solide, carré comme leurs têtes, relié au tronc par une spirale qui devait permettre de déplacer la partie supérieure, à droite et à gauche.

Blay Farrell calcula que, même s'ils étaient en acier-aluminium, ils pouvaient tout aussi bien peser mille kilos ; tout dépendait du mécanisme compliqué à l'intérieur d'eux.

Avec seulement quelques mètres à parcourir, Blay Farrell fit délibérément quelques pas en avant, laissant le colonel et son aide de camp derrière lui. Et malgré la nouvelle surprise, il ne put s'empêcher de sourire lorsqu'il remarqua que, sûrement mû par des cellules photoélectriques qui annonçaient leur proximité, le premier robot qui menait la formation étendit son bras métallique, étendant sa main.

La fente de sa bouche scintillait de tons bleus et sa voix métallique, froide et impersonnelle saluait :

"Bonjour comment vas-tu...? Bonjour comment vas-tu? Bonjour comment vas-tu?

Blay Farrell calcula que la litanie continuerait inlassablement, jusqu'à ce qu'il réponde et, avec les ondes de sa voix, coupe ce circuit radio, activé par le cerveau électronique qui avait été mis au travail à son approche. Et c'est pourquoi il répondit, toujours souriant :

« Très bien, mon ami. Et vous ?

Il ne s'est pas trompé : la question répétée du premier robot a été remplacée par d'autres mots, eux aussi inlassablement répétés :

"Endommagé ... Endommagé ... Endommagé ...

Le colonel Holtzman et son assistant sont restés derrière Blay Farrell, observant le jeune pilote serrer la main métallique du robot. Et le chef de la Base a dit :

« Gardons les présentations, Blay ! Tout cela me paraît ridicule ! Un colonel de l'armée saluant des poupées en métal, Dieu sait d'où elles viennent !

Blay Farrell se tourna vers eux, toujours souriant :

« Ils peuvent être offensés, colonel ! Vous devez avoir raison, vous ne pensez pas ?

« Exact ? Quelle peur ils nous ont fait ! Regardez celui qu'ils ont formé !

« Nous, monsieur, pas eux. Au fond, croyez-moi, je suis content qu'il ne s'agisse que de robots. Cela me libère de la conscience d'avoir désintégré trois navires comme ces deux-là.

Holtzman a oublié les commentaires du capitaine, face au premier robot, qui n'arrêtait pas de sauter sa chanson :

« Qu'en est-il de l'autre navire ? Pourquoi ça ne s'ouvre pas ?

« Ce n'est pas nécessaire... Ce n'est pas nécessaire... Ce n'est pas nécessaire...

" Qu'est-ce qui n'est pas nécessaire ? " Hurla le chef de la Base. " Nous devons savoir qui est dessus ! S'ils ne sortent pas aussi, nous les prendrons !

« Ils feront le mal... Ils feront le mal... Ils feront le mal.

« Nez ! Aucun robot, aussi parfait soit-il, ne peut me dire ce que je dois ou ne dois pas faire sur cette Base. Est-ce clair, mon ami ? Et si je décide de faire entrer mes hommes dans cet artefact... Ils entreront !

« Ce sera pire... Ce sera pire... Ce sera pire...

" Wow ! " cria le colonel. " Et surtout ça nous menace !

Le premier robot commença à formuler la réponse répétée, quand, instinctivement, Blay Farrell dut interrompre son circuit de parole en s'adressant au colonel Holtzman :

« S'il vous plaît monsieur. Je pense que nous ne devrions pas nous énerver. Jusqu'à présent, aussi surprenant que cela puisse être, tout va mieux que ce que nous pensions. Je vous demande la permission d'essayer de clarifier tout cela.

"Très bien, capitaine. Parlez autant que vous voulez avec ces marionnettes d'acier raides ! Je suis sincère quand je dis que cela me semble ridicule de le faire. La planète qui les a envoyées a dû être un peu plus prévenante. Un homme ne peut pas essayer de comprendre une machine!

« Pourquoi pas, colonel ? Si la machine réagit intelligemment, l'homme ne doit pas être moins qu'elle.

« Allez-y, capitaine ! Ils sont tous à vous.

« Pourquoi ne pas les sortir d'ici ? Vous pouvez faire appel à des cybertechniciens pour étudier le contrôle de ces machines. De son fonctionnement, de la forme et des matériaux avec lesquels elles ont été fabriquées et d'autres tests, nous pouvons tirer de nombreuses conséquences.

Alster Holtzman regarda par-dessus l'épaule du jeune capitaine les douze robots étranges alignés et dit d'un air dubitatif :

"Eh bien... Maintenant il faut qu'ils vous obéissent et ne refusent pas de vous suivre, Capitaine. Mais puisqu'ils vous semblent si amicaux, allez-y !

Blay Farrell s'est à nouveau approché du premier robot, mais a voulu expérimenter si celui à côté de lui en ligne avait également la capacité de parler et lui a directement demandé :

"Peux-tu me suivre ? Rien ne t'arrivera. Je pense que nous avons beaucoup de choses à gérer...

La réponse est encore venue du premier robot à la tête de la formation, qui a même tourné la tête en direction du jeune pilote, en répondant :

« Ils ne parlent pas... Ils ne parlent pas... Ils ne parlent pas...

« C'est bon. Vous me répondez. Pouvez-vous me suivre ?

« Nous vous suivons... Nous vous suivons... Nous vous suivons.

Blay Farrell se tourna d'un air suffisant vers le colonel et son aide de camp, qui n'étaient pas moins perplexes que le commandant de la base :

« C'est réglé, colonel. En route !

"En mouvement... Sur la route... En mouvement" se mit à répéter inlassablement le premier robot, suivi des onze autres.

Mais avant le défilé insolite qu'il a vu passer devant lui, le colonel Alster Holtzman a déclaré à son aide de camp :

« Dites aux hommes d'être vigilants.

"Eh bien monsieur.

« Il est possible que pendant qu'ils nous divertissent avec ces robots, l'équipage de l'autre navire essaie de nous surprendre.

« Bien, colonel. Ils peuvent être expédiés comme appâts !

« Je n'y crois pas du tout ! Et je vais...

Le colonel Alster Holtzman a de nouveau été laissé la bouche ouverte, l'interrompant lorsque le premier robot a déclaré qu'au moment où son circuit le dépassait, il a saisi ses mots :

« Il n'y a pas de tromperie... Il n'y a pas de tromperie... Il n'y a pas de tromperie.

Le chef de la Base ne put s'empêcher de s'exclamer :

" Étonnante...!

CHAPITRE IX

Le vieux professeur Curt Hartman ordonna, sa voix lente mais maintenant en colère :

« Vous devez tous les tuer ! Ces connards en savent trop !

L'un des hommes avant lui osa faire remarquer :

"Désolé professeur. Mais cela soulèverait des soupçons.

« Si les choses sont bien faites, il n'y aura pas de soupçons. Cela doit ressembler à un accident !

« C'est que... Cinq personnes et avec des postes si élevés, professeur...

« Je veillerai à ce qu'ils se réunissent dans la propriété du secrétaire à la Défense. Le colonel Holtzman et le capitaine Farrell n'hésiteront pas à assister au rendez-vous de l'idiot du général Paul Quiin. Après tout, les deux sont sous ses ordres directs.

« Et mademoiselle Lise Borg, professeur ?

« Il viendra aussi. Vous recevrez un message de votre cher petit ami, le capitaine Blay Farrell.

« Bon professeur. L'ingénieur Hokusai et l'astronome Silvio Lembo seront-ils également à la ferme ?

« J'ai dit que je ferais attention à ce que tous les cinq soient là ! Le scientifique répondit, agacé.

Encore un des hommes qui s'était tu, osa-t-il dire.

« Ne serait-il pas mieux et plus utile de les supplanter, professeur Hartman ?

« Nous n'avons pas le matériel ; Jusqu'à un nouvel envoi, nous devons utiliser des moyens ordinaires, même s'ils sont moins pratiques et plus brutaux.

"Bon professeur. Des gaz ? Des balles ? Ou tu préfères ça... ?

« Un feu » arrêta le vieux professeur.

Et peu à peu, pour expliquer l'utilisation de cette méthode, il ajouta, pour étendre les ordres à ses hommes :

« Je sais pertinemment que ce petit général, depuis qu'il a été nommé secrétaire à la Défense, a doté son domaine de loisirs des plus grandes avancées. Oui, messieurs... Le général Paul Quiin profite de son bon salaire pour s'entourer d'autant de confort qu'un ancien pharaon d'Egypte. Climatisation, chauffage, piscine avec eau chaude adaptée à l'environnement, une station de radio spéciale, à partir de là, pour expédier les affaires les plus urgentes sans interrompre votre repos... Votre ferme est une perfection authentique ! Le tout mû par l'électricité.

Il s'arrêta, tandis qu'il accompagnait ses visiteurs, pour ajouter :

« Et dans une ferme comme celle-ci, un court-circuit peut être accidentel. Si les choses sont bien faites, en quelques minutes tout brûlera.

« Nous devrons aller à la ferme pour préparer les choses.

" Parfait ! Tu penses qu'ils peuvent te soupçonner ? Allez, Anderson... Ne sois pas naïf ! Tu es désormais l'un des hommes de confiance de notre nouveau secrétaire à la Défense. N'oublie pas que tu occupes la personnalité d'Ike Anderson.

"Oui, professeur.

"Allez... Je vais voir que, demain, les cinq sont réunis à la ferme :

"Tout ira bien," s'encouragea le plus grand homme.

À leur commentaire, le vieux professeur Curt Hartman les regarda, déjà à la porte, en disant :

" Je l'espère ! Sinon... Vous savez, les amis.

Ne vous inquiétez pas, professeur. À bientôt!

« Nous vous verrons à la réunion du gouvernement central galactique, lorsqu'ils nous appelleront pour nous annoncer... la triste nouvelle.

Quand ses visiteurs le laissèrent seul, le sage atomique traversa de nouveau son bureau, retira une tapisserie qui couvrait un des murs de noyer, et pointant par-dessus son épaule vers la porte, ordonna à un autre homme qui y était resté caché.

"Prenez soin d'eux... Alors ils doivent mourir aussi, dans ce feu,
Le petit homme n'ouvrit pas les lèvres quand il dit :
Oui, professeur Hartman.

* * *

C'est lors du briefing de 18h00 que Blay Farrell et son épouse Lise Borg ont appris l'accident. Apparemment, un incendie qui faisait rage avait consumé la quasi-totalité du domaine récréatif du secrétaire à la Défense, le général Paul Quiin. Malheureusement, en ayant comme invités l'ingénieur cybernétique Hokusai Aki et le célèbre astronome Silvio Lembo, tous deux étaient également décédés.

De même, l'assistant du général Paul Quiin avait également été retrouvé mort, bien que le colonel Ike Anderson ait été retrouvé dans le jardin, avec un autre homme non identifié. Les quatre domestiques de la ferme n'avaient pas eu le temps de se sauver et les experts ont assuré que le malheureux accident était dû à un court-circuit. Le dernier bulletin d'information a ajouté que plus tard un autre corps pourrait être identifié, qui s'est avéré être celui du colonel Alster Holtzman, chef de la base de Prestwich.

Plus tard, l'informateur est passé à d'autres nouvelles de moindre importance et Blay Farrell, très affecté par ces pertes, a activé la télécommande depuis le canapé pour éteindre l'écran.

Ses pupilles étaient rivées à celles de sa jeune femme et, d'une voix rauque, l'homme commenta :

« Pauvre ! Qui pourrait penser à une chose pareille !

Lise prit les mains de son mari dans les siennes et murmura :

« Vous aimiez beaucoup le colonel Holtzman, n'est-ce pas ?

« C'était un homme intègre. Tout le monde à la base l'aimait.

Elle se leva avec diligence, ouvrant le placard pour sortir les valises, annonçant :

« Nous devons rentrer. La veuve du colonel Holtzman sera réconfortée de vous voir aux funérailles.

— Mais c'est notre lune de miel, Lise.

"Ne sois pas idiot. Je sais qu'au fond tu préfères ça. Ce serait mal de manquer les funérailles.

Blay Farrell ne protesta plus, se rappelant combien cela lui avait coûté d'avoir ces jours de congé pour se marier. Lorsqu'on le lui avait demandé, le colonel Holtzman lui avait rappelé que le moment n'était pas venu. Sur la base de Prestwich se trouvaient encore ces deux vaisseaux extraterrestres, et les ordres du général Paul Quiin, en tant que secrétaire à la Défense, étaient devenus encore plus rigides depuis ces événements : personne ne devait entrer ou sortir de la base, sauf avec une autorisation spéciale signée par lui-même. . La nouvelle surprenante ne devrait pas encore être publiée et le moyen le plus sûr était d'isoler tout le personnel.

Mais lors de la réunion secrète tenue dans le bureau du colonel Holtzman, après avoir assuré qu'ils n'en discuteraient avec personne, le secrétaire à la Défense lui-même avait donné à Blay Farrell ces jours de congé, comme une sorte de récompense pour avoir été le premier à affronter le navires étranges, dont il avait désintégré avec ses trois fusées atomiques.

Tandis que Lise continuait de faire ses valises, il se souvint paresseusement de cette réunion à laquelle ils avaient également participé, en tant que personnages centraux. L'ingénieur cybernétique Hokusai Aki et le célèbre astronome Silvio Lembo se sont joints au secrétaire à la Défense et au colonel Holtzman.

Maintenant que quatre des six personnes qui avaient assisté à la réunion étaient mortes, à travers la fumée de sa cigarette, Blay Farrell s'efforçait d'évoquer ces scènes. Il croyait encore voir son patron, lorsque le colonel Holtzman lui montra au général Quiin, à l'ingénieur Hokusai et à l'astronome Lembo, les deux robots alignés dans son bureau :

"Voilà! « Je leur avais dit. C'est tout ce qui est tombé du ciel sur nous. La planète qui les envoie ne se distingue pas, justement, par sa délicatesse. Au lieu de nous envoyer de la chair et du sang intelligents, quels qu'ils soient, ils nous envoient ces vilaines machines.

Cependant, la confrontation avec le seul robot qui pouvait parler était très fructueuse.

Et très intéressant.

Ingénieur en cybernétique, spécialiste des sciences dont l'objet est l'étude du contrôle et des communications dans les machines, Hokusai Aki a vite compris qu'un circuit dans le cerveau électronique de ce robot avait un petit défaut. Le fait qu'il répète inlassablement les mots jusqu'à ce qu'une nouvelle émission d'ondes atteigne ses cellules réceptives et élabore la réponse, le prouve.

Il voulait réparer ce problème, pour une meilleure compréhension avec la machine à penser, et après avoir demandé la permission au secrétaire à la Défense, quelque chose s'est approché cérémonieusement du robot pour lui demander :

"Est-ce que je peux essayer de réparer ce défaut ? Nous avons également construit des robots parlants ici et je connais la technique. Quelque chose est bloqué jusqu'à ce qu'une nouvelle émission, d'ondes pousse le rouleau pour élaborer une autre réponse.

Et, à l'étonnement général, la réponse du robot fut docile :

"Fais-le... Fais-le... Fais-le.

Avec diligence et de ses mains adroites, Hokusai Aki a exposé la boîte à mécanismes du robot, et à peine dix minutes plus tard, il la referma en annonçant :

« Bien : c'est ça.

Entre la fumée de sa cigarette, Blay Farrell crut revoir le sourire de toutes les personnes présentes, quand le robot répondit, pleinement, très reconnaissant :

« Merci : votre travail a été magnifique. Vous êtes très doué.

Non moins cérémonieux et en bon japonais, Hokusai Aki s'était incliné à la manière orientale en répondant :

" Très gentil ! Mais ce n'était qu'un des câbles de cohésion. Il était monté sur le conducteur qui capte les ondes hertziennes.

Craignant peut-être qu'ils s'engagent dans des discussions techniques, le général Quiin était intervenu :

« Qu'est-ce que le cohésif, ami Hokusai ?

« C'est un appareil qui est utilisé dans les stations de réception de radiotélégraphie pour signaler la présence d'ondes hertziennes, facilitant la circulation d'un courant local qui agit sur un appareil de réception. Dans ce cas, il transmet les sons aux cellules nerveuses du cerveau électronique, où ils sont enregistrés et provoquent la réponse précise à ce qui a été demandé.

À cela, le colonel Holtzman avait demandé :

« Voulez-vous dire que ces... ces poupées peuvent répondre à tout ce que vous leur demandez ?

Blay Farrell s'émerveillait encore lorsqu'il se souvenait de la réponse du cyber-ingénieur Hokusai Aki :

— Ils ont été programmés pour ça, monsieur. Les sons produits lors de la prononciation d'un mot mettent en mouvement un rouleau qui sélectionne les réponses. Ces signes sélectionnés, à leur tour, agissent sur un tambour sonore qui convertit le son en voix, et cela est spécifié par des mots.

"Bien, mais je suppose que tous les sons que nous pouvons prononcer lors de la formulation de nos mots, n'auront pas d'équivalent dans le cerveau électronique que possède ce robot, non ?

L'ingénieur Hokusai Aki s'était tourné vers le robot en disant :

« Cela dépend des signes que vous avez enregistrés.

Et sans hésiter, parlant toujours de sa voix métallique, le robot avait confirmé :

« J'ai deux milliards de signes, avec lesquels je peux faire toutes les combinaisons possibles.

Blay Farrell et Lise avaient souri en voyant le visage béant du colonel Holtzman, signe infaillible pour lui, qu'il était perplexe.

Puis, confusément, Blay Farrell se souvint de tout ce qui avait été discuté là-bas avec l'étonnant robot. Il leur a dit qu'il y a des milliers d'années, il était vrai que leurs constructeurs les envoyaient sur Terre en mission d'exploration, et qu'ils avaient ainsi collecté des données concernant la race humaine, maîtrisant toutes les langues et sciences qu'ils possédaient, en Tentative d'approximation impossible jusque-là, car à Cygni, la planète où vivaient ses bâtisseurs, il y avait eu aussi des luttes internes comme sur Terre et, dans des périodes très courtes de sa longue histoire, la planète avait été gouvernée par les hommes. qui rêvait de ce contact avec d'autres êtres cosmiques.

À ce stade, le secrétaire à la Défense lui-même avait demandé au robot :

« Ces êtres qui habitent la planète Cygni... À quoi ressemblent-ils ?

Le robot avait hésité un instant, comme s'il n'avait pas compris la portée de la question, jusqu'à ce qu'enfin il réponde :

« Des êtres intelligents. Des êtres civilisés. Des êtres dotés d'une science et d'une technique hautement développées.

"Non, ce n'est pas ça", a insisté le général Paul Quiin. Je veux dire comment ils sont physiquement, extérieurement. À quoi ressemblent-ils?

"Magnifique. Magnifique Très développé.

En arrivant ici, Blay Farrell évoquait le rétrécissement de la fille qui était désormais sa femme et continuait de faire ses valises, qui avait commenté :

"Eh bien... Tout dépend de votre conception de la beauté. C'est une question très relative.

Le robot avait déplacé les articulations en spirale de son cou, pour s'adresser à Lise Borg, en déclarant :

« Les habitants de Cygni sont des êtres supérieurs. Ils ont vaincu toutes les autres races de leur Galaxie.

D'autres courses ? "Blay Farrell lui-même avait demandé, vivement intéressé par ce que le robot leur rapportait." Voulez-vous dire que dans votre Galaxie il y a d'autres planètes avec une vie organisée et civilisée ?

"Oui. Mais tous sont gouvernés depuis Cygni, à l'exception des Sosias, parce qu'ils sont invincibles. Leur nom même indique pourquoi ils ne peuvent pas être vaincus.

Blay Farrell se souvenait particulièrement de cette partie de sa conversation avec le complexe robotique. La question posée par le sage astronome Silvio Lembo m'est également venue à l'esprit :

« Les Sosias ? Qui sont les Sosias ?

« En fin de compte, personne ne sait à quoi ils ressemblent vraiment. Les Sosias sont originaires de la planète Amucis dans notre Galaxie, mais ils vivent dans tout le Système, s'adaptant aux conditions et à l'apparence extérieure de la planète sur laquelle ils sont installés. En termes humains, un Sosias peut se transformer en chien et y vivre, un éléphant, un chat, une poule... ou un homme. Sa forme extérieure change au gré de vos envies et de vos déplacements. C'est pourquoi ils sont invincibles, car personne ne peut les découvrir. Mais on sait qu'elles existent et qu'elles se propagent... Elles se propagent toujours !

Cette dernière information du robot semblait être un message détaillé, que les mystérieux habitants de Cygni avaient l'intention de transmettre à travers leurs robots aux habitants de la Terre.

Le bruit d'une des valises fermée par sa femme, Lise, a distrait Blay Farrell de ces souvenirs, voulant le découvrir avec sa question :

« Êtes-vous vraiment prêt à renoncer à notre lune de miel ?

« Après ce malheureux accident, il faut le faire, Blay.

"Vous avez raison. Si ces quatre hommes sont morts, seuls vous et moi restons témoins oculaires de tout ce qui a été discuté avec le robot de Cygni lors de cette réunion. Ils pourraient avoir besoin de nous pour développer le rapport que le général Quiin a présenté aux membres éminents du gouvernement et ...

Une idée lui vint à l'esprit et il se frappa le front, à la surprise de sa femme qui lui demanda :

« Qu'est-ce qu'il y a, chérie ?

« Merde ! Il n'y avait pas pensé, jusqu'à maintenant.

« Sur quoi, Blay ?

« En cela tout cela pourrait être l'œuvre des Sosias ! Tu ne te souviens pas, Lise ? Le robot envoyé de Cygni nous parlait de ces êtres, capables de s'adapter à toutes les conditions de vie !

" Oh ouais ! Mais je ne pense pas...

« Qui sait, ma chérie ! Peut-on être sûr que les Sosias ne sont pas déjà là sur Terre ? Si c'était le cas, beaucoup de choses s'éclairciraient, Lise.

La femme le dévisagea avant de dire, quelque peu troublée :

— Ce n'est pas possible, Blay. Ce serait terrible !

« Bien sûr que ce serait horrible ! En ce moment même, vous-même ne pouvez pas être sûr si je suis vraiment le capitaine Blay Farrell, ou l'un de ces êtres étranges qui ont pris mon apparence. Et je... je peux en dire autant de toi !

« Taisez-vous, s'il vous plaît, Blay. Je n'aime pas cette idée !

Moi non plus, Lise. Mais je pense... Vous souvenez-vous de ce que le colonel Holtzman nous a dit au téléphone, quand je l'ai appelé pour lui dire que nous nous étions mariés bien plus tôt que nous ne le pensions au départ ?

« Que veux-tu dire, Blay ? Je ne me souviens de rien, cela aurait dû vous être dit, quand après l'avoir salué lui et sa femme, je vous ai rendu le téléphone.

« Il m'a raconté ce qui s'était passé à la base. Quelqu'un a détruit les douze robots !

"Oui; maintenant je me souviens que plus tard vous en avez discuté avec moi. Mais vous m'avez dit que le colonel Holtzman avait l'impression que cela avait été un accident malheureux et que...

« Oui, Lise… encore un accident ! Comme celui qu'ils ont subi maintenant. Ne voyez-vous aucune relation ? Les robots ont été détruits par un court-circuit, également égal à celui subi à la succession du général Paul Quiin.

Lise le dévisagea, avant de dire :

« Tu m'inquiètes, Blay… Mais je ne pense pas que l'un ait à voir avec l'autre. D'autres personnes sont mortes sur la propriété du général Quiin, outre lui, le colonel Holtzman, son assistant, l'ingénieur Hokusai et l'astronome Silvio Lembo. Vous venez d'apprendre avec moi qu'un autre homme était également là, qui n'a pas pu s'identifier, en plus des serviteurs,

— Oui, mais d'après les informations sur l'événement, il apparaît que l'assistant du général et l'autre individu n'étaient pas avec eux. Ils ont été trouvés dans le jardin.

« Si vous pensez que quelqu'un est intéressé à nous tuer tous qui pourraient entendre les informations que le robot de Cygni nous a données, vous vous trompez. Toi et moi sommes vivants, Blay !

« C'est vrai, Lise, mais… pourquoi ? Car même les plus intimes ignoraient que nous avions décidé de nous marier et de partir en voyage, sans but.

Lise Borg a voulu se rassurer et a souri, achevant de ranger ses affaires pour retourner en ville. Et avec un certain reproche affectueux, il rejeta :

— Parfois, ton imagination est surprenante, Blay.

CHAPITRE X

Dès leur arrivée en ville, alors qu'ils entraient dans l'immeuble, la réceptionniste en charge s'est approchée d'eux en leur disant :

— C'est venu pour vous, mademoiselle Borg. Mais comme il n'a pas laissé de signe ni dit où il allait, je...

« Cela n'a pas d'importance, Mme Ransky.

Mais quand elle a regardé l'enveloppe et a reconnu l'écriture de Blay Farrell, elle a été perplexe. Il entrait déjà dans l'ascenseur chargé de valises et la femme lui offrit l'enveloppe en souriant, en lui proposant d'une manière amusante :

« Tu l'ouvres, chérie... Ou plutôt, dis-moi par cœur ce que tu m'as écrit, avant que je sois ta femme.

Blay Farrell était perplexe, incapable de prendre l'enveloppe car ses mains étaient pleines. Mais il protesta :

"Vous écrire ? Désolé, mais je sais que je ne l'ai pas fait depuis un siècle. Ces dernières semaines de service continu à la Base m'ont beaucoup occupé et...

« Eh bien, c'est votre écriture. Tu ne vois pas?

Blay posa les valises et prit l'enveloppe. Il le retourna dans ses mains et fit la moue de surprise en disant :

« Je ne comprends pas, Lise !

Quand il a réussi à sortir la note écrite, son étrangeté a augmenté. C'était là, écrit de son écriture et de sa signature :

« Un peu de changement, Lise :

« Je t'attends cet après-midi à la maison de campagne du général Quiin. Il nous y retrouve pour parler de choses qui nous intéressent tous les deux. Ne le manque pas, mon chéri.

"Blay."

La main du pilote astronaute tordait nerveusement le papier entre ses doigts. Puis il y repensa et le défroissa, pour relire le billet qui semblait avoir été écrit par lui.

Il ne dit rien à la femme, mais Lise comprit. La voix de son mari se transforma lorsqu'il demanda enfin :

« Que me dis-tu maintenant, Lise ? Quelqu'un t'a écrit cette note, pour que tu puisses aller à la ferme du général et y trouver la mort aussi.

« Mais... tu ne l'as pas écrit, Blay ?

« Votre question est absurde. Depuis que nous avons quitté la Base, nous n'avons cessé d'être ensemble, sauf quand...

« Alors, moi... moi... Ils voulaient me tuer aussi ! C'est affreux !

« Pire que ça, Lise. C'est monstrueux ! Qui que ce soit, ce salaud ne savait pas qu'on avait décidé de se marier et pensait que tu rentrerais à la maison, recevrais ce billet avec mon écriture et irais au rendez-vous... Un sale piège !

Instinctivement, la femme s'approcha de l'homme pour lui dire :

« J'ai peur, Blay !

Dès qu'ils arrivèrent à l'appartement, Lise se laissa tomber sur le canapé. Il cacha son visage dans ses mains et, de là, demanda à l'homme qui examinait les autres pièces :

« Alors... tu penses vraiment que c'était un meurtre ?

"Oui chérie. J'y crois de plus en plus !

« Qu'allons-nous faire, Blay ?

« Appelez la police et informez-la. Je vais aussi appeler le lieutenant Dickson et lui dire de se renseigner à la base vous-même. Je vous ai dit que le court-circuit qui a détruit les robots là-bas avait quelque chose à voir avec l'autre court-circuit qui s'est produit à la ferme du général.

"Mais... Qui cela pouvait-il être ?

"Je ne sais pas, chérie. Mais la question la plus intéressante est... Pourquoi ?

"Ouais c'est ça. Tout ça doit avoir une raison.

« Et ce doit être une raison très importante. Quelque chose qui est lié à l'arrivée des vaisseaux spatiaux de la planète Cygni.

« Sur l'autre navire, qu'y avait-il, Blay ?

" Rien ! Et c'est un autre mystère, Lise. Les choses se sont précipitées et nous n'avons pas pu le découvrir.

« Il n'est pas possible qu'il n'y ait rien là-dedans.

"Alors ça y est. Le robot parlant de Cygni nous a dit que l'autre vaisseau était également habité par des robots. Le colonel Holtzman a envoyé un groupe de techniciens pour les suivre. Je pense que la porte s'est ouverte, elle s'est allumée et il y a la chose surprenante... Il n'y avait personne à l'intérieur !

« Qui pourrait le faire, alors ?

« Et ce que je sais ? Les techniciens y sont entrés et sont sortis en disant que le navire était vide.

« Peut-être piloté par une télécommande, de Cygni ?

"Impossible, Lise ! En tant qu'astronome et à partir des données et des distances que le robot nous a fournies, le professeur Lembo a calculé que cette planète est à environ vingt mille années-lumière de notre système solaire. Il en a déduit que le Soleil ou l'étoile qui réchauffe cette lointaine monde, doit être dans la Constellation de la Balance. Et il est tout à fait inconcevable de supposer qu'un navire puisse être dirigé, par télécommande, à une si grande distance.

« À vingt mille années-lumière ! « Répété la femme. Comment est-il possible que ces vaisseaux de Cygni soient arrivés ici ?

« Les distances n'existent pas pour eux, car la force centrifuge qui les déplace multiplie par vingt ou trente mille la vitesse de la lumière. Leur forme sphérique totale les fait glisser à travers l'hyperespace avec la douceur d'un atome. Mais même ainsi, nous a dit le robot, il faut de nombreuses années pour nous atteindre et c'est le problème que ses constructeurs, les habitants de Cygni, ne peuvent pas résoudre. S'ils venaient eux-mêmes, au lieu d'envoyer leurs robots essayer d'établir le contact avec nous, ils arriveraient très vieux. Ou mort !

Le silence qui a suivi l'explication de Blay Farrell a été rompu après quelques minutes de réflexion, lorsque la femme a déclaré :

« Mais, Blay... Je pense que quelque chose d'autre découle de ce que tu as dit.

« Le quoi, Lise ?

« Que ces... ces Sosias que vous craignez, sont déjà là, parmi nous, elles ne pourraient pas arriver non plus. La distance est énorme et elles ne supporteraient pas un tel voyage.

"Et qui nous dit qu'en plus de pouvoir s'adapter à toute forme de vie ou apparence extérieure, ils n'ont pas aussi le pouvoir de vivre longtemps, mais bien plus que nous ou les habitants de Cygni ?

« Vous voulez dire qu'ils peuvent être des êtres immortels ?

« Je ne sais pas, Lise. J'ai l'impression que nous divaguons. Et Dieu veuille qu'il en soit ainsi !

Il a décroché l'interphone pour contacter la police, et à ce moment-là, la sonnette a retenti. Lise se leva avec lassitude pour partir, mais son mari raccrocha en s'écriant :

« Non, Lise ! Ne t'ouvre pas !

Les deux étaient très proches l'un de l'autre dans le couloir et ils appelèrent à nouveau. Ils se regardèrent avec inquiétude et elle voulut se calmer en pensant :

« Ce sera la réceptionniste. Mme Ransky a dû oublier de me dire quelque chose.

« Oui, Lise... Ouvrez, mais je serai dans cette pièce, à regarder. Je ne veux pas vous effrayer avec mes précautions et mes pensées, mais elles ne font pas de mal, au vu de tout ce qui se passe. D'accord chéri?

« Tu commandes, mon amour.

Quelques minutes plus tard, le sourire franc et amical du Lieutenant Pat Summer a salué le propriétaire de la maison :

« Comment vas-tu, Lise ?

Lise Borg était encore un peu hésitante ; s'inquiétait de tout ce dont elle avait parlé avec son mari. Cette hésitation a été mise à profit par le jeune pilote, pour s'enquérir :

« Puis-je entrer, mademoiselle ? Ah, désolé ! Je voulais dire Mme Farrell.

En entrant, le visiteur jovial s'enquit en regardant autour de lui :

« N'est-ce pas Blay ?

"Eh bien... maintenant ça arrive. Ne veux-tu pas boire un verre, Pat ?

« Non, rien. Merci, Lise.

Puis, presque sans transition et le regardant fixement, d'une manière un peu étrange, le visiteur demanda :

« Pourquoi n'êtes-vous pas allé au domaine du général Quiin ?

Lise Borg se tenait là, debout devant lui, galvanisée. Devant lui se trouvait le jeune pilote Pat Summer, l'un des meilleurs coéquipiers de Blay Farrell. Mais pourquoi posait-il cette question ? Que savait-il du mot que la réceptionniste leur avait remis dès leur entrée dans le bâtiment ?

La femme a voulu gagner du temps pour répondre et sortir de son étonnement et, à son tour, a demandé :

« Qu'as-tu dit, Pat ?

Il n'y avait plus d'intonations amicales ou gentilles dans la voix du jeune pilote, disant :

« Pourquoi n'êtes-vous pas allé dans la propriété du général Quiin ? Blay vous citerait là-bas. N'est-ce pas, Lise ?

Elle a également changé d'intonation, le regardant fixement, alors qu'elle répondait :

« Ce sont des choses dont tu ne te soucies pas, Pat.

« Vous vous trompez ! Nous nous soucions beaucoup de tout cela...

" NOUS ? De qui parlez-vous, Pat ?

"Ce n'est pas pertinent... Seulement maintenant, les choses devront se passer différemment.

Lise Borg sentit ses jambes trembler. Mais savoir que Blay les écoutait depuis la pièce voisine l'encouragea, trouvant le courage de l'inviter à nouveau :

Asseyez-vous, Pat. Alors vous pouvez m'expliquer cette étrange attitude. Tu as toujours été un garçon gentil et poli et maintenant...

« Tu ne sais pas comment j'ai toujours été !

Son exclamation méprisante fut retenue par l'arme dans sa main gauche, parlant à nouveau en indiquant le canapé de la main droite :

« Asseyez-vous là, chère Lise... Je vais vous faire une piqûre.

Lise Borg était presque sur le point de crier, appelant son mari. Mais il calcula rapidement que si Blay ne venait pas, c'était pour quelque chose, et convoqua toute la sérénité qu'il avait pour murmurer faiblement :

« De quoi s'agit-il, Pat ? Non... je ne comprends pas !

Pat Summer sourit en voyant la femme effrayée trembler devant lui. Il n'arrêtait pas de pointer l'arme de sa main gauche sur elle, tandis que de la main droite, fouillant dans le fond de la poche de son uniforme, il cherchait sans cesse quelque chose qu'il essayait de retirer.

Enfin, il posa sur la table une seringue et un tube qui semblaient contenir une aiguille hypodermique, secoua un petit récipient, devant les yeux bleus de sa victime, et annonça :

« N'aie pas peur, chère Lise... C'est indolore et tu vas dormir... Tu vas dormir pour toujours !

« Oh mon Dieu ! Est-ce que tu... vas-tu me tuer, Pat ? Mais pourquoi ?

« Même si j'essaie de t'expliquer mes raisons, tu ne les comprendras pas, Lise. Fais-moi confiance!

« Mais tu veux m'assassiner ! Comme vous l'avez fait avec le général Quiin et ses invités !

Pat Summer semblait sourire grotesquement, s'exclamant :

" Wow ! Alors tu penses que le général Quiin et ses invités ne sont pas morts accidentellement, n'est-ce pas, Lise ? Désolé, mais... Tu dois cesser d'exister !

Les nerfs tendus, son arme régulatrice à la main, Blay Farrell écoutait tout cela et peinait à ne pas intervenir, avide d'en savoir plus ; en savoir plus sur le secret derrière tout cela.

Mais la femme menacée était Lise, sa femme, étant idolâtrée par-dessus tout et il n'était plus capable de penser plus que cela.

Alors il marcha d'un pas régulier dans le couloir et cria, désignant le scélérat :

« Lâchez l'arme, Pat ! Lâche-la, ou pour l'amour de Dieu je te laisse au sec !

Pat Summer n'a pas obéi. Il poussa un cri de bête acculé alors qu'il se sentait trompé et surpris, tournant en tandem sur ses talons pour activer son index. La balle est passée à quelques centimètres de l'épaule de Blay Farrell alors qu'il tombait au sol et tirait à son tour.

Et son coup a été fatal.

Pat Summer se pencha comme une branche sèche brisée par un ouragan, entraînant dans sa chute la petite table où il avait déposé la seringue et le tube avec l'aiguille hypodermique.

Et puis quelque chose de totalement inattendu et surprenant s'est produit.

La petite fiole que Pat Summer avait agitée devant les yeux de Lise se brisa en touchant le sol. Un nuage dense de fumée bleuâtre a éclaté, le liquide a commencé à croître et à croître, comme au contact de l'air il se multipliait, se concentrant sur une grande tache qui commençait à se répandre sur le tapis.

Terrifiée, les nerfs brisés, Lise Borg courut se réfugier dans les bras de son mari, qui ne quittait pas des yeux cette tache rouge, liquide et visqueuse, qui semblait avoir une vie propre et s'avançait vers le corps de Pat Summer .

Lorsque la tache rouge atteignit la main du mort, elle rampa le long de ses doigts, et ce faisant, en l'imprégnant, la chair s'éclaircit pour devenir, à son tour, un liquide plus rouge qui grandissait et grandissait régulièrement.

" C'est affreux ! La femme a crié, terrifiée,

« Oui, Lise... Horrible, mais en même temps... Incroyable !

C'était parce que, devant ses yeux, à dix mètres à peine, le liquide rouge continuait à imprégner le corps de ce qui était le pilote Pat Summer, et ce faisant, le cadavre disparut, bouillonnant comme s'il était en train de bouillir.

Incapable d'assister à l'horrible spectacle qui, en même temps, les attirait comme un puissant aimant, alors que le liquide rouge continuait de monter et s'était déjà lavé jusqu'à la taille du corps de Pat Summer, la femme s'évanouit.

Blay Farrell la sentit graviter de tout son poids, dans ses bras, et il savait qu'il devait l'emporter. Chargé d'elle, il esquiva la masse sanglante qui semblait continuer à bouillir sur le sol du mieux qu'il put, atteignant la sortie pour avancer dans le couloir.

CHAPITRE XI

De retour dans l'appartement de Lise Borg, Blay Farrell n'en croyait pas ses yeux. Il continua de regarder le sol et répéta une fois de plus à l'inspecteur Hoffenblad :

« Je vous dis que tout s'est passé ici sous notre vue !

Lewis Hoffenblad, un homme habitué à traiter les cas les plus insolites, dans sa longue carrière professionnelle, consulta un cahier contenant les premières déclarations du capitaine Blay Farrell et dit calmement :

« Allons-y par parties, capitaine. Insistez-vous toujours sur le fait que l'homme qui est venu vous voir était le lieutenant Pat Summer ?

« Comment ne pas insister, inspecteur ? Ma femme et moi le connaissions parfaitement. Il était aussi stationné à la base de Prestwich !

Le policier fit preuve de patience et demanda à nouveau :

« Pourquoi dites-vous que nous nous sommes rencontrés et que nous l'avons été, capitaine Farrell ? Pensez-vous que le lieutenant Pat Summer n'existe plus ?

« Bien sûr ! Nous l'avons vu disparaître, petit à petit, sous nos yeux, inspecteur !

Lewis Hoffenblad regarda un instant ses deux officiers en uniforme, puis répondit :

« Les dés ont disparu rongés par le liquide rouge qui jaillit de la petite fiole qu'il tenait à la main. Ce n'est pas comme ça ?

« Vous ne me croyez pas, n'est-ce pas, inspecteur ?

« Eh bien, capitaine... La vérité est qu'ici il n'y a aucune trace de tout ce que vous dites s'est passé sous vos yeux !

« Pas seulement avant la mienne, mais aussi avant celle de ma femme.

« La mauvaise chose est que sa femme ne peut pas être interrogée maintenant. Il est toujours à l'hôpital, inconscient.

«Quand il récupérera, il pourra répéter mes paroles. Et il vous parlera du tapis, qui a également disparu !

« Déjà... ! En conjonction avec le cadavre, la fiole avec le mystérieux liquide rouge, la table, la seringue, l'aiguille hypodermique... Et tout ! N'est-ce pas, capitaine ?

Blay Farrell commençait à se sentir ennuyé, même contre lui-même. Tout cela semblait absurde, mais il savait que cela avait été vrai.

Ou devait-il admettre qu'il était fou, comme les flics commençaient sûrement à le penser ?

Il était silencieux, les yeux toujours fixés sur le sol, où il avait vu le liquide rouge couler sur le tapis. Et ne trouvant aucun signe, aucune trace de tout ce qui s'était passé, déjà fatigué, il se borna à dire :

« Bien, inspecteur. Vous pouvez penser ce que vous voulez, mais je me confirme dans ma déclaration. Et pourquoi diable vous appellerais-je, si rien de tout ce que je vous ai dit ne s'est produit ici ?

— C'est une question à laquelle j'aimerais pouvoir répondre, capitaine Farrell. Vous êtes un homme ordinaire, capable d'hallucinations.

« Ce n'était pas une hallucination !

Du calme, capitaine. Calmer! Nous ne voulons pas dire qu'il est fou ou qu'il nous a menti. Il se trouve que nous avons du mal à croire tout ce qu'il nous a dit.

"C'est naturel. Ce ne sont pas des choses qui arrivent normalement, inspecteur.

« Combien de temps êtes-vous resté hors de cette pièce ?

— Je ne sais pas, inspecteur. Je ne peux pas le cerner. Lorsque ma femme s'est évanouie à cette horrible vue, j'ai pensé qu'il était approprié de l'emmener dans l'appartement de sa voisine, Mme Hons, pour mieux l'y servir, avec son aide.

« Avez-vous utilisé le téléphone de Mme Hons pour nous appeler, capitaine ?

"Oui, je l'ai fait, une fois que j'étais sûr qu'une ambulance viendrait de l'hôpital.

« Voyons voir... Tout cela aurait pu prendre environ douze ou quinze minutes. Ce n'est pas comme ça ?

« Exactement une vingtaine, inspecteur. Je le sais bien, parce que j'ai continué à regarder l'horloge. Ensuite, dans l'ambulance, j'ai accompagné ma femme à l'hôpital et j'ai supplié Mme Hons de vous dire qu'elle serait là si vous arriviez avant mon retour.

L'un des officiers en uniforme fit un geste pour interrompre ce que son patron s'apprêtait à répondre :

"Dites, Jeff" encouragea l'inspecteur.

"Nous étions à l'hôpital pendant environ quinze minutes, à écouter", a-t-il interrompu. « Eh bien, en écoutant tout ce que le capitaine nous a dit.

« Merci Jeff, vingt minutes et quinze font trente-cinq, additionnées à environ dix qu'il nous a fallu pour arriver ici et sept autres pour te localiser à l'hôpital, ça fait cinquante-deux minutes... Mettons une heure , en comptant ce qu'il nous reste longtemps à retrouver ici, dans cette salle.

« Pendant ce temps, quelqu'un a pu être ici et faire disparaître le tapis et tout le reste.

Le calcul de Blay Farrell ne semblait pas tiré par les cheveux, mais l'inspecteur insista :

« Et qu'en est-il du fait surprenant qu'un bon ami ait frappé à cette porte avec l'intention d'assassiner sa femme ? Quels motifs pouvait-il avoir ?

« Excusez-moi, inspecteur. Il y a des choses que je ne vous ai pas encore dites.

L'inspecteur Lewis Hoffenblad le regarda, entre sévère et amusé, tandis qu'il l'encourageait :

« Allez-y, capitaine ! Qu'est-ce que tu attends?

« Le truc, c'est que... Ce sont des choses qui vont vous surprendre encore plus.

" Plus... ? Je t'assure qu'après ce que tu nous as dit, il y aura peu de choses qui pourront nous surprendre, l'ami.

« Eh bien, eh bien... ça y va !

Blay Farrell prit une profonde inspiration, regarda les trois hommes un par un et décida finalement :

« Je pense que le lieutenant Pat Summer n'était pas humain... Je veux dire, un être comme nous.

La question jaillit simultanément de la bouche des trois policiers :

« Comment dites-vous, capitaine ?

« Vous l'avez déjà entendu. Pat Summer n'était pas un être humain. Il n'était pas né sur Terre... Ou, du moins, s'il était né ici, dernièrement ce n'était pas lui... Enfin, je veux dire qu'un autre être vivait en lui, utilisant son corps pour...

« Arrêtez, capitaine Farrell ! « L'inspecteur s'est arrêté, agacé ». Je pense que nous vous avons suffisamment entendu maintenant et que vous auriez dû rester à l'hôpital vous aussi.

Il se tourna vers l'un de ses agents et ajouta, cette fois avec plus de force :

« Appelez une ambulance, Jeff. Et qu'ils viennent avec la camisole de force !

Blay Farrell a rebondi et s'est éloigné de quelques pas des trois policiers. Il se tenait derrière le dossier du long canapé, mettant cette faible barrière entre lui et eux, rejetant :

« Je répète que je ne suis pas fou ! Vous devez m'écouter ! Des choses se sont produites dernièrement que vous et la plupart des gens ignorez ! N'ont-ils pas entendu parler des ovnis, des soucoupes volantes ?

L'inspecteur sourit en disant :

"Oui, bien sûr... Mais tu es comme une chèvre !

Et lorsqu'il vit que Blay Farrell bougeait, montrant qu'il ne voulait pas qu'on lui impose les mains, il ordonna à nouveau à ses hommes :

« A la porte, Jeff. Ce type ne doit pas partir d'ici ! Vous appelez Central, Guy.

« À votre service, inspecteur.

Blay Farrell a vu l'agent décrocher le téléphone et a de nouveau crié :

" Non ! Attendez ! Ce sont des choses qui ne doivent pas transcender ! J'avais moi-même l'ordre de ne pas les divulguer ! Ils ne sont connus que de certains membres du Gouvernement Galactique Central ! Pourquoi pensez-vous que toutes les bases aériennes de la Terre sont en alerte, sans laisser partir leur personnel ?

Il vit que l'inspecteur le fixait, mais faisait signe à l'agent Guy de ne pas composer le numéro. Cela encouragea Blay, lorsqu'il vit qu'il s'apprêtait à réécouter, et il laissa échapper :

— Oui, inspecteur... Dernièrement, nous avons été en contact avec des habitants d'autres mondes.

L'inspecteur Lewis Hoffenblad a demandé avec insistance :

« Répétez cela, capitaine Farrell.

« Il y a deux vaisseaux extraterrestres à la base de Prestwich, inspecteur. Je sais que très peu de gens sont au courant de cet événement étonnant, à part le personnel qui y est stationné, mais ce que je vous dis, c'est la vérité.

« Vous avez dit deux vaisseaux extraterrestres, capitaine ?

« Deux ovnis, ou deux soucoupes volantes, inspecteur, comme vous voulez les appeler. Ils sont arrivés habités par des robots, envoyés par les habitants de la planète Cygni, qui selon l'astronome Lembo ...

« Un instant ! Faites-vous référence au professeur Silvio Lembo qui est mort sur la propriété du général Paul Quiin, dans ce malheureux accident ?

— Oui, inspecteur. Mais cet incendie n'était pas un accident. C'était un meurtre !

"Comment...?

« Ils se souviendront des gens qui y sont morts. Eux, à l'exception des domestiques et de l'assistant du général Quiin, ainsi qu'un homme non identifié, qui l'accompagnait, étaient présents à la conversation qu'ils ont eue avec le robot et...

L'inspecteur échangea à nouveau des regards silencieux avec ses deux assistants, et plus incrédule redemanda :

« Vous voulez nous faire croire que quelqu'un parlait à des robots ?

"Oui. Le colonel Holtzman, l'ingénieur Hokusai Aki, l'astronome Lembo, ma femme et moi-même.

Blay Farrell remarqua que le sourire sur les lèvres des deux agents s'accentuait, regardant leur patron avec beaucoup d'amusement. C'est pourquoi il s'est arrêté :

« Je sais que vous trouverez aussi cela très étrange, mais c'était comme ça. Ensemble, nous avons préparé le rapport pour le secrétaire à la Défense, le général Quiin.

Lewis Hoffenblad tambourina de ses doigts sur le dossier du canapé qui les séparait de l'homme qui leur racontait tout cela avec le plus grand sérieux, n'arrivant qu'à chuchoter :

— Eh bien, eh bien, eh bien... C'est une belle histoire, capitaine Farrell. Mais il y a des choses qui ne collent pas.

« Par exemple, inspecteur ?

« Premièrement : si vous dites que personne ne peut sortir de la base de Prestwich, que diable faites-vous en dehors ?

« Le même secrétaire à la Défense m'a donné la permission. J'allais épouser Mlle Lise Borg. Cela nous a sauvés !

"Comment dit-on?

« Que si les deux n'avaient pas quitté la Base avec une destination inconnue, lors de notre lune de miel, maintenant nous serions sûrement déjà morts. J'ai la preuve de ce que je dis, inspecteur !

« Quelles preuves ?

« Ma femme a reçu une lettre l'invitant à la ferme du général Quiin, qu'elle n'a pas pu ouvrir car elle était absente lors de ce voyage.

Qui a écrit cette lettre d'invitation ?

« Nous l'ignorons. Mais les paroles sont forgées. C'est à moi !

" Comment?

— C'est exact, inspecteur. Le tueur espérait qu'en recevant ma note, Lise viendrait à la ferme, pour qu'elle y mourrait aussi.

« Pourquoi pensez-vous qu'ils voulaient la tuer ?

« Pour la même raison que le général Quiin et les autres ont été assassinés. A cause des informations transmises par le robot de Cygni !

Quel genre d'informations ?

« Entre autres, il nous a parlé des Sosias.

« Les partenaires, capitaine ? Croyez-moi, nous vous comprenons de moins en moins. J'essaie de l'écouter sans perdre patience, mais...

« Et je comprends que tout cela puisse vous sembler très étrange, quand ce n'est pas le discours d'un fou, d'un fou. Mais je vous assure que tout est vrai ! Vous pourrez vérifier plus tard, inspecteur.

« Très bien, capitaine. Qu'a-t-il dit à propos de ces Sosias ?

« Apparemment, ce sont des êtres étranges capables de s'adapter à d'autres types de vie, d'adopter mille formes, celle qui leur convient le mieux. Le lieutenant Pat Summer était l'un d'entre eux !

"Comment le sais-tu?

« Parce que ma femme et moi l'avons vu disparaître, transformant son corps en cet horrible liquide compact et visqueux. Sinon, je ne comprends pas comment, étant notre ami de longue date, il est venu ici pour tuer Lise.

« Je vous assure, ma tête tourne, capitaine. Mais si je ne comprends pas mal, tu veux dire que ces êtres... ces Sosias, peuvent vivre à l'intérieur de n'importe quelle personne, ils adoptent leur apparence. Ce n'est pas comme ça ?

« Je ne sais pas comment ils l'obtiennent, mais ça doit être comme ça. Je répète que le robot nous en a parlé aussi.

L'inspecteur Lewis Hoffenblad a eu une idée :

« La meilleure chose à faire est de déménager à la base de Prestwich et de me faire voir ces navires moi-même et de parler au robot. Vous ne pensez pas, capitaine ?

Blay Farrell ne répondit pas. Il n'était pas tout à fait sûr qu'ils les laisseraient entrer. Au moins, les ordres de garder ces secrets étaient très précis. Lui-même doutait à quel point il avait eu raison de parler de tout cela, malgré sa situation.

Bien sûr, ils avaient tenté d'assassiner sa femme et il était presque certain que le général Quiin et ses invités n'avaient pas été victimes d'un accident, mais d'un mystérieux complot. Il pensait que, plus tard, il se justifierait auprès de ses patrons et il encouragea donc :

« Nous pouvons aller à la base, inspecteur. Quand tu veux.

CHAPITRE XII

Alors qu'ils descendaient dans l'ascenseur, lorsque les portes s'ouvrirent, deux infirmières de l'hôpital central apparurent devant eux, accompagnées du professeur Curt Hartman. Et le sage atomique indiqua, s'adressant à l'inspecteur :

« Cet homme doit être immédiatement hospitalisé !

Blay Farrell était pétrifié, écrasant tout le monde comme s'il cherchait une réponse. Le regard de l'inspecteur était si éloquent qu'il lui sourit même en commentant :

"J'ai déjà dit que j'étais fou, mon ami ! Tout ce que tu nous as dit est fantastique.

Sans se donner le temps de se défendre, le professeur Curt Hartman a commencé à justifier :

« Souvent, lors de vols spatiaux, les astronautes sont déséquilibrés et bouleversés. Mais avec un traitement médical approprié, ils se rétablissent rapidement et ...

C'était trop!

Blay Farrell a sauté en arrière, criant à tout le monde :

« Des nez ! Je vais parfaitement bien ! Et je ne sais pas pourquoi vous dites ça, professeur Hartman !

« Allez, allez, Blay ! Ne soyez pas un enfant. Vous savez que vous avez besoin de soins !

" Moi?

« Toi, mon ami, toi. Sinon, il n'aurait pas attaqué sa femme.

« J'attaque Lise ? "Il a répété." Ici, celui qui est fou, c'est vous !

Ignorant leurs protestations, d'un ton calme et posé, le prestigieux sage atomique commenta en s'adressant à l'inspecteur et à ses deux agents :

"Excusez-moi, mais cet homme doit être admis immédiatement. S'il a quelque chose en suspens avec vous, dans quelques heures vous pourrez le voir à l'hôpital central. Mais maintenant...

Le signal silencieux qu'il fit aux deux infirmières qui l'accompagnaient mit une nouvelle fois Blay Farrell à l'offensive qui, reculant dans le couloir, insista :

« Pourquoi insistez-vous pour vouloir m'emmener à l'hôpital ?

« Calme-toi, Blay, tu as ta femme là-bas et en plus, tu as besoin d'être soigné et... On fait tout pour ton bien !

Curt Hartman fit une pause étudiée et regarda à nouveau les flics, clarifia :

— Je ne sais pas ce qu'il a pu vous dire, inspecteur. Mais je vous assure que la femme de cet homme a eu très peur quand elle l'a vu excité, lui racontant des choses très étranges. Il se mit à parler d'êtres venus d'autres planètes, d'un liquide rouge... Que sais-je de combien de bêtises encore ! Elle ne l'a pas cru et c'est alors qu'il l'a attaquée.

« Il ment ! Je n'ai pas attaqué Lise !

Mais l'inspecteur Lewis Hoffenblad en avait assez entendu et décida, se tournant vers ses hommes lorsqu'il vit que Blay Farrell était sur le point de s'enfuir :

« À lui, les garçons !

Blay Farrell a continué à reculer pour se mettre sur la défensive, mais quelques instants plus tard, il a dû se battre désespérément contre ces hommes. Et il les aurait battus si le vieux professeur Curt Hartman, sournoisement debout derrière lui, ne l'avait pas frappé à la tête et lui a fait perdre la tête.

* * *

Dans la camisole de force, empêchant presque tout mouvement, Blay Farrell se sentait impuissant. Il était allongé sur un lit et s'est rendu compte, en revenant à lui, que les murs de cette pièce étaient capitonnés. A sa droite se trouvait une petite table et, dessus, plusieurs bouteilles.

Il y avait aussi une seringue et une aiguille hypodermique, pour faire des injections.

Mais ce qui l'a le plus alarmé, c'est la découverte d'une petite fiole remplie d'un liquide rouge qui ressemblait à du plasma.

Sang!

Cela l'a alarmé car, sans aucun doute, il l'a identifié avec celui qu'il avait brièvement vu entre les mains meurtrières du lieutenant Pat Summer, lorsqu'il s'était rendu dans l'appartement de Lise pour assassiner la jeune fille. Il bougea sur le lit et leva la tête aussi loin qu'il le put en criant :

" Nourrice ! A moi ! A moi !

Malgré la camisole de force qui l'emprisonnait, il parvint à se relever, puis ses yeux révélèrent un visage familier. C'était le professeur Curt Hartman qui lui souriait depuis le fond de la pièce.

Les deux hommes se regardèrent, Blay Farrell avec haine et le sage atomique avec ironie et moquerie.

Je lui souriais...

Blay Farrell se souvint, et quand le vieil homme s'approcha de lui, il demanda furieusement :

« Qu'est-ce que tu fous ici et pourquoi as-tu insisté pour qu'ils me mettent à l'hôpital ?

— Je répondrai à toutes vos questions, Blay. Avec grand plaisir!

« Je commence par me dire pourquoi ils m'ont mis ici.

« Tu vas subir un traitement très... spécial, mon ami.

« Qu'est-ce que vous gagnez à prétendre que je suis fou ?

Avant de répondre, le vieil homme jeta un coup d'œil furtif à la porte de la chambre, comme pour s'assurer qu'elle était toujours fermée. Ensuite, ses yeux se sont dirigés vers la table pour se fixer sur la fiole avec le liquide rouge, tandis que ses mains soignées manipulaient la seringue, l'armant de l'aiguille hypodermique.

Et il parla avec pause :

« Je vous ai amené ici, parce que cela vous convient, ami Blay. Vous serez très bien bientôt !

« Qu'est-ce que tu vas m'injecter ? Qu'est-ce que c'est ? » s'enquit l'homme, piégé dans ces vêtements qui ne lui permettaient pas de se défendre.

Les quatre élèves reprenaient l'exercice et le vieillard insista beaucoup, lorsqu'il murmura :

« Je vais lui injecter Life Sap, Blay ! Sève d'une vie qui va vous étonner !

Une sorte de lumière a clignoté dans le cerveau de Blay Farrell, le forçant à dire :

« Professeur Hartman, vous... Vous êtes l'un des vôtres ! Vérité? C'est une de ces Sosias !

« Oui, mon ami... Et dans cet hôpital, il y en a plusieurs comme nous.

« Et qu'est-ce qu'il va m'injecter ? Est-ce que... est-ce ainsi qu'ils se transforment ? La façon dont Pat Summer voulait faire avec ma femme ?

— Je vois que tu es toujours aussi intelligent, Blay. C'est comme ça!

Et après avoir parlé, assis sur le bord du lit et lui montrant la petite fiole de liquide rouge, il étendit, d'une voix insinuante :

« Vous verrez comme c'est doux ! Voici le fluide vital d'un Sosia ! Vous avez voyagé dans l'espace pendant de nombreuses années, mon ami ! Ce n'est pas venu pour toi, mais ça a compliqué les choses et... Tu dois être l'un des nôtres !

Impuissant dans ces vêtements, Blay Farrell était agacé par cette tutelle et tout ce que faisait le professeur Hartman. Il le regarda comme hypnotisé quand il le vit charger la seringue de ce liquide rouge et il cria désespérément :

" Non ! Pas moi ! A L'AIDE !

« Ne sois pas un enfant, Blay. Personne ne peut vous entendre. Cette chambre est construite insonorisée. Pour que les fous comme vous ne s'en soucient pas !

« Je ne suis pas folle ! Tu leur as fait penser ça !

« C'était exact... Vous avez trop parlé de tout ce que le robot a dit. Personne sur Terre... Personne, Blay !, ne doit savoir qu'il existe des êtres sur d'autres mondes qui peuvent prendre une apparence extérieure. Cela les alarmerait, et ils seraient sur leurs gardes !

Se débattant inutilement dans ces vêtements qui le retenaient au lit, il trouva le courage de dire, voyant que l'aiguille approchait déjà de son bras :

Pourquoi veux-tu vivre ici sur Terre ? Vous n'êtes pas bien dans votre monde ?

"Oui très bien ! Mais nous aspirons à dominer l'Univers entier. Et nous l'obtenons ! Nous n'avons pas d'armes aussi puissantes que vous ou les habitants intelligents de la planète Cygni... Mais nous utilisons leurs vaisseaux rapides pour atteindre tous les Sans le savoir, ils nous servent eux-mêmes... Et beaucoup d'habitants de Cygni sont déjà les nôtres !

« Et ici, sur Terre ?

« Et aussi... Nous sommes déjà des millions, Blay ! Des millions!

« Non ! Je le nie !

— Tu peux le nier, Blay. Mais c'est vrai! Moi, en qui tout le monde croit encore le professeur Curt Hartman... Ha ha ha !

Ce rire presque hystérique glaça le sang de Blay Farrell, qui fut profondément impressionné par tout ce qu'il entendait.

Comment tout cela était-il possible ?

« Doucement, Blay. Ne t'inquiète pas ! Apparemment, tu seras toujours Blay Farrell, l'excellent pilote qui vient d'épouser Lise Borg. Tu ne changeras rien du tout ! Mais le sang humain ne coulera plus dans tes veines, comme dans les miennes déjà court celui d'un autre être venu ici dans ces petites bouteilles.

« Je n'abandonnerai jamais ma condition humaine ! A protesté, impuissant, Blay Farrell.

« Vous n'y pouvez rien.

« Mais je... je vais mourir ! Il va me tuer ! Il va me tuer !

« Tu raisonnes mal, Blay... Tu mourras, mais un autre être vivra dans ton corps.

« Un être monstrueux ! Depuis quand viennent-ils sur Terre ?

« Depuis que les habitants de Cygni sont arrivés ici avec leurs navires. Ça fait longtemps!

Blay Farrell se souvint. Et plus que sa peur, sa curiosité pouvait dire :

« Sont-ils, ces robots qui nous envoient de Cygni, ceux qui vous amènent, sans le savoir ?

"Oui, mon ami. Je te l'ai déjà dit ! Ce sont des machines qui, aussi sophistiquées soient-elles, il est facile de les tromper. À Cygni, nous avons beaucoup de nos propres infiltrés. Ce sont eux qui placent les fioles avec la sève vitale. Quand nous arrivons ici, nous n'avons qu'à l'injecter dans un corps humain et ...

Blay savait que lui, en tant que corps humain, allait mourir. Il savait que son enveloppe physique serait utilisée pour qu'un de ces êtres étranges vive en lui. De là, il collaborera à son travail de pénétration de la race des Sosias.

Combien de wraps humains déjà servis comme ça ? Quels postes élevés occupaient-ils ? Quels sites clés avaient-ils infiltrés ?

Quel était son véritable pouvoir sur Terre ?

Quelle est sa dernière fin...?

Il n'avait pas le temps de répondre à autant de questions qu'on lui en posait dans son esprit torturé. Mais les minutes restantes de sa vie, toujours le vrai Blay Farrell, il les utiliserait pour se battre comme un être humain. Se battre comme il sied à un enfant de la Terre.

Il était impuissant, emprisonné dans ce costume. Mais il lui restait de l'intelligence et il l'utiliserait.

Au moins pour gagner du temps.

« Dites-moi quelque chose, professeur... Pourquoi n'avez-vous pas trouvé d'autres robots, pilotant l'autre vaisseau ?

« Ils les ont trouvés, Blay ! Mais le colonel Holtzman a envoyé le lieutenant Pat Summer, ignorant qu'il était déjà l'un des nôtres. Il était chargé d'injecter les hommes qui l'accompagnaient...! Et la transplantation était faite ! Précisément les expéditions, sont arrivées dans ce navire. Quand ils sont sortis, ils étaient tous à nous. Tu comprends maintenant?

« Et qu'est-il arrivé à celui qui occupait le corps de Pat Summer ? Je l'ai vu disparaître dans l'appartement de ma femme. Son corps s'est transformé en liquide rouge lorsqu'il est entré en contact avec celui qui avait été versé de la fiole qu'il portait.

« C'est notre mort, Blay ! Si la Sève de Vie est versée avant d'entrer dans le corps d'un autre être, elle se répand, se répand, cuit, bout et, finalement, se consume. Elle a besoin de l'enveloppement d'un autre corps, pour continuer à vivre. !

« Qui a changé la moquette tachée ? » voulut-il savoir.

" NOUS ! Vous étiez très occupé par l'évanouissement de votre femme.

Blay vit ces mains s'approcher de son brave pour le poignarder avec l'aiguille et cria :

« Tu n'arriveras jamais à tes fins ! JAMAIS!

« Vous vous trompez ! Nous ne sommes pas puissants comme vous, mais personne n'a pu, jusqu'à présent, nous identifier. Nous avons la capacité d'adopter mille formes, et ainsi nous pouvons vivre sur toutes les planètes. Dans des mondes différents ! Et notre plus grand pouvoir, c'est ça.

« Maintenânt, je comprends pourquoi vous avez assassiné le général Quiin et ses invités. Parce que le robot nous a parlé des Membres. Le tiens!

"Oui... A Cygni ils connaissent déjà notre existence. Mais sans être incapable de nous identifier ! Toute sa science merveilleuse et avancée, rien ne peut contre nous.

Il s'arrêta et ajouta :

« Par exemple, qui soupçonnerait que vous n'êtes pas encore Blay Farrell, même si, en réalité, vous ne l'êtes pas ? Si je ne vous l'avais pas dit, auriez-vous soupçonné que je n'étais pas le professeur Curt Hartman ? Vous repartirez d'ici guéri de vos visions et attaques de folie. Vous reprendrez du service à la base de Prestwich, mais puisque vous serez déjà une Sosia, l'une des nôtres... vous nous servirez à partir de là !

« Sale mouvement ! C'est une invasion de vers !

« Non, Blay : dis plutôt que c'est une invasion très habile. Le jour viendra où tous les postes clés seront entre nos mains et alors...

« Que se passera-t-il alors, monstre ? S'écria Blay, impuissant.

Il n'a pas obtenu de réponse, car cet être s'est à nouveau penché vers le bras de l'homme, prêt à lui faire l'injection.

Blay Farrell ne put rien faire et ferma les yeux.

Il feignit de refuser de croire que lui, tout son corps, serait bientôt l'abri d'un être étrange venu d'une autre planète.

Mais ce serait comme ça...

CHAPITRE XIII

La main amicale de l'inspecteur Lewis Hoffenblad se tendit vers l'homme devant lui, le félicitant :

« Tu as été très courageux, Blay.

Le jeune pilote souriait aussi, mais c'était pour rejeter :

« Ne le croyez pas... C'était terrible ! J'ai senti que...

« Je comprends ce qu'il ressentait dans des moments comme celui-ci, mais il a eu le courage de discuter avec le faux professeur Curt Hartman et tout ça... Cela nous a donné beaucoup d'indices !

— La vérité, inspecteur. J'ignorais qu'ils avaient installé des microphones dans cette pièce pour enregistrer tout ce qui y était dit.

« Raison de plus pour moi de te féliciter, Blay. Je l'ai fait parce que, d'une certaine manière, même si je pensais aussi que tu étais fou, à cause de tout ce que tu nous as dit, j'étais intrigué par l'intérêt du professeur Hartman à t'admettre à l'hôpital et...

Il fit un geste des mains et, comme pour s'excuser, dit :

« Tu sais, Blay ! Les flics sont comme ça ! On se doute, en règle générale, de tout !

« Sont-ils tous localisés ? » voulut savoir le jeune pilote.

" Oh oui!

«Est-ce très difficile de l'obtenir?

" Contrairement ! Il suffit d'une prise de sang. C'est comme ça qu'on les chasse !

Pendant une minute, les deux amis se turent, jusqu'à ce que le capitaine Farrell veuille préciser :

« Combien jusqu'à présent, inspecteur ?

"Eh bien, environ six millions... Bien sûr, éparpillés un peu partout.

« Parmi nos officiers aussi ?

"Aussi. Ils étaient les favoris, pour eux. Mais une grande prudence a été utilisée. Des quartiers ont été bouclés, des équipes de santé sont arrivées à l'improviste et... Au travail ! Personne n'y échappe : désormais ce sera une question de couture et de chant.

Blay Farrell se souvint à nouveau et frissonna presque en disant :

« Encore une minute pour entrer dans cette pièce... Et je ne suis pas moi, à cette heure, inspecteur !

« Nous étions préparés. Je ne t'aurais jamais laissé te faire injecter, Blay. Tout ce que nous avions entendu était suffisant.

Il était difficile de s'éloigner de ce sujet brûlant, mais le policier a pensé qu'il était sage de demander :

" Et sa femme ?

« Tout va bien : la pauvre n'a pas appris qu'elle aussi avait été choisie pour se faire injecter.

« Je suis content : vous avez tous les deux droit au bonheur qui vous attend maintenant.

Blay Farrell sourit, mais annonça :

« Beaucoup de travail nous attend aussi, Lewis. Nous sommes de ceux qui doivent démarrer le Grand Projet.

« Vous voulez dire tenter le voyage vers la planète Cygni ?

"C'est.

" Bonne aventure ! Cela doit être loin.

— C'est vrai, mais... je vais te le dire, Lewis. La Terre doit son existence aux êtres qui peuplent ce monde. Ils ont conditionné les cerveaux électroniques de leurs robots, pour nous avertir de l'existence des Sosias. Sinon... comment l'aurions-nous découvert ?

— Oui, Blay, mais... Comment y arrives-tu ?

« Vos navires n'arrivent-ils pas ici ?

« Certains. Mais conduit par des robots !

« Nous pouvons faire la même chose. L'affaire est d'entrer en contact. Par contre, en copiant les mécanismes de leurs vaisseaux spatiaux nous avancerons beaucoup. Pendant des siècles, ils ont envoyé leurs ovnis, faisant un effort titanesque. Maintenant c'est notre tour.

Le policier sourit à nouveau lorsqu'il dit, très satisfait :

« La vérité est que nous avons gagné la bataille contre ces Sosias.

"Certes, ici sur Terre, ils ont été localisés et vaincus, mais le combat doit continuer, mon ami. Vous savez déjà qu'ils peuvent survivre dans n'importe quel corps qu'ils utilisent ! C'est pourquoi nous sommes intéressés à entrer en communication constante avec les habitants Entre eux et nous, n'importe où dans l'Univers où ils se trouvent... Ils seront combattus !

— Je fais confiance à la race humaine, Blay. Et j'ai tellement confiance car, tant qu'il y aura des hommes comme toi, de ton courage et de ton courage... La Terre restera la même !

Merci Lewis.

* * *

Les deux marchaient main dans la main sous une nuit étoilée, en regardant le ciel noir et en fixant l'un des points lumineux lointains, la femme murmura :

« Tu penses que Cygni comprendra notre message, chérie ?

Blay Farrell a également regardé dans l'infini, répondant :

"Bien sûr, Lise. Et désormais l'Univers va devenir plus petit !

« Et si nous ne l'obtenons pas ?

« Nous continuerons d'essayer !

Ils continuèrent à marcher en silence, jusqu'à ce que de nouveau la femme le rompe en disant, suivant le cours de ses pensées :

« Parfois, je me demande pourquoi, tout au long de sa longue histoire, la race humaine a toujours dû se battre.

« Pose-toi une autre question, chérie.

« Lequel, Blay ?

« L'intelligence et l'esprit humain ne seraient-ils pas en sommeil, s'il n'en était pas ainsi ?

La femme réfléchit, avant d'admettre :

"Oui je pense.

« Les grands objectifs sont atteints en travaillant et en surmontant tous les obstacles. Et de même que les récoltes sont meilleures une fois la terre débarrassée de l'ivraie, les futures conquêtes de l'espace seront plus fructueuses et meilleures à mesure que des êtres intelligents vainquent les Sosias ou les habitants d'autres planètes lointaines, qui cherchent à interrompre cette évolution constante buts.

Lise regarda son mari, interrompit sa marche pour le serrer dans ses bras et poser sa tête sur son torse d'homme en murmurant :

« Et je suis très fier de toi, Blay. Je le suis, parce que tu fais partie de ces élus !

Il l'embrassa.

Et peut-être que les étoiles, de leurs lointaines distances, brillèrent un instant plus fort dans l'harmonie de l'Univers.

FINIR